우주로 가는 포차

이 도서의 국립중앙도서관 출판예정도서목록(CIP)은 서지정보유통지원시스템 홈페이지(http://seoji.nl.go.kr)와 국가자료종합목록 구축시스템(http://kolis-net.nl.go.kr)에서 이용하실 수 있습니다.
CIP제어번호 : CIP2020047305)

J.H CLASSIC 064

우주로 가는 포차

박해성 시집

지혜

세월을 낭비한 죄
사랑에 죽지 못한 죄
오르지 못할 시를 넘본 죄

용서하지 마시라

2020년 가을
박해성

차례

1부

2부

3부

4부

1부

I am a girl.

가방 위에 그려진 소녀가 윙크를 한다
한손으로 하늘 높이 흔들고 있는 핑크색 모자 위로는
파란 글자들이 곡선을 그리며 날아간다 'I am a girl'

나는 핑크모자가 없어 저 하늘을 날아 본 적 없는 걸
엄마야 누나야 강남 살자 졸라 본 적도 없는 걸
뱅뱅 우물 안에서 허우적대다가 솔잎이나 갉아 먹다가
불휘 기픈 나무 그늘 애국가를 4절까지 외우던 걸
어미의 머리채를 잡고 북처럼 두드리는 아비 앞에
언젠가는 면도날을 씹어 뱉으리라 벼르던 걸,
폼 나게 풍선껌을 부풀리며 야반도주를 꿈꾸던 걸

이번 정거장에서 가방은 내렸다. 흔들리는 시내버스 안
차창에 비친 산전수전이 불쑥 묻는다 - Are you a girl?
느닷없는 질문에 쩔쩔매는 걸 - I'm fine, and you?
우문우답이 무안해 시간의 뒷골목으로 달아나는 걸,

네 생일인데… 얘야 도시락에 달걀프라이를 싸줄까,
씨암탉으로 키워서 참외밭을 사자구요. 없는 건 많고
있는 건 없는 열일곱 살이 잘근잘근 손톱을 깨문다

달걀프라이만한 달이 뜬 하늘 아래 사춘기가 훌쩍인다

스톱 스토오옵 내려요, 창가에 달린 빨간 벨을 꾸욱 누른다
울컥, 버스가 선다 하마터면 한 정거장 더 갈 뻔한 걸,

대화

요즈음은 눈만 감으면 꿈이야
있지, 눈 뜨면 이도저도 기억나지 않는 꿈
내가 어젯밤에 꿈을 꾸었다는 게 사실일까?

그 집 돼지갈비 정말 맛있다, 나는 개보다
돼지가 좋더라 그런데 내 주변에는 개들이 득시글거려
갈비도 뜯을 수 없는 것들, 멀리서 보면 멀쩡해 보이지만
가까이 보면 구린내 나는 똥개들 말이야

살구나무 아래였어, 그리운 이를 만나 붙안고 막 울었는데
세상에, 그가 날보고 묻는거야 누구시냐… 고
거긴 내가 사는 세상이 아닌 것 같기도 하고

옆집 개는 나만 보면 죽기 살기로 짖어대, 웃기는 건
경비실 앞 회전의자에 앉으면 꼬리치고 발등도 핥더라구,
개주인은 악어가방에 눈을 반쯤 가린 중절모를 쓰고 다녀
앞에서 볼 때는 개를 닮았는데 뒷모습은 원숭이더라

하염없이 꽃잎이 흩날려 눈을 뜰 수 없었어
꿈인지 생시인지 애매할 때도 있다니까

>

개하고 친하려면 뼈다귀가 최고라며?

카푸치노 맛있다, 오늘 또 잠 다 잤네
좋아, 카페인 핑계로 우리 새도록 얘기나 할까?

C와 C 사이

컵과 컴 사이 종이고양이가 산다. 활짝 웃고 있는 그이는 수미산 북쪽 울단월이라는 땅에서 왔다는데 그곳에 사는 이들은 살아 천년을 누리고 죽어서는 복사꽃 동산에 환생한다는데 빨강리본 고양이가 'Happy Birthday!'라고 쓴 풍선을 번쩍 들고 있는 것은 그이가 무사히 환생했다는 암호일지도 모르는데

컵과 컴 사이 플라스틱 돼지가 산다. 시도 때도 없이 공양 받는 동전에 만성소화불량인 분홍돼지는 철륜왕이 다스리는 남염부제 출신, 거기는 히말라야 설산과 갠지스, 인더스 같은 강들이 파노라마처럼 펼쳐져 있다는데 어느 생인가 그는 구름수레를 타고 절경 속에 노닐다가 벼락을 맞아 펄펄 끓는 불가마에 떨어졌다는데 그러나 다시 태어난 그이는 무슨 연유인지 다리가 없는데

컵과 컴 사이 섬유근육통이 산다. 오른쪽 검지가 반란을 일으켜 왼손으로 마우스를 움직이는 혁명의 저녁이 산다. 빈 컵을 들었다 놨다하는 맹물 같은 이녁이 산다. 그네는 구월산 신단수 아래 천구백여덟 살에 돌아가신 신의 핏줄이라 했지만 고개를 갸웃거리는 사람도 많다는데 주검의 살점을 쪼는 천산의 독수리처럼 컵과 컴 사이를 배회하는 수상한 그 자는 밤마다 부처인양 앉은 채로 삼천대천을 주름잡는다는데

바나나바닐라닐바나닐리리날라리니나노

너는 수유리 묘비에 헌화한 적도 없고
(그건 여우와 꽃의 일)
광주의 오월에도 뻐꾸기처럼 무사했으니
바나나바닐라닐바나닐리리날라리니나노
사랑이나 사랑하며 사랑인 척, 돌탑이나 돌고 돌았다

그때 혁명은 유니섹스 티셔츠에 현상 수배 중,
베레모를 쓴 용의자는 은유의 사정거리 안에 있었다
자동차 불빛이 양귀비꽃처럼 흐르는 강물에 취한 그가
정부의 품에 숨어들었다는 루머가 삐라처럼 떠돌았다
신원 미상 애인의 암호는 **니·르·바·나**, 꽃이 지거나
말거나 구름도 참선에 든다는 한 절집이 은거지라

禪·雲·寺, 단풍이 백제처럼 흐르는 개울 둑 위
사과도 아니고 바나나도 아닌 신념이 건반을 두드린다
총 대신 기타를 든 버스킹 동지는 독거노인,
바나나바닐라닐바나닐리리날라리니나노
어떤 이는 지폐 대신 초콜릿을 모금함에 올려놓고

저 늙은 단풍나무 뿌리 좀 봐, 너는 홀린 듯 중얼거린다

신의 발등처럼 심줄이 툭툭 불거졌네, 그분의 불면이
가지마다 주절주절 혼잣말처럼 나부끼네
바나나바닐라닐바나닐리리날라리니나노
바나나바닐라닐바나닐리리날라리니나노

이녁인 듯 저녁인 듯
냇물 속 어른거리는 제 그림자를 오래 들여다본다

좀머 씨는 행복하다

아내가 돌아왔다, 가출한지 삼년 만에
백일쯤 된 아이를 안고 왔다, 반가워서 울었다
아기 냄새가 말랑해서 울었다

나는 딸이 좋은데 아이는 아들이라, 그래도 상관없다
부러워 마라, 우리는 남자끼리 목욕탕에 갈거다

언놈 자식이냐, 이웃들이 수군거린다
내 아내가 낳았으니 분명 그녀의 아들이다
그녀의 아이는 곧 내 자식이다, 요즘 사람들은
촌수를 제대로 따질 줄 몰라… 안타깝다

그녀와 나는 캠퍼스 커플이다
미대를 수석 졸업한 나는 수석이나 주우러 다녔고
무용을 전공한 그녀는 보험외판계 프리마돈나가 되었다
'미안해' 밥상 위에 쪽지를 두고 아내가 떠난 후
나는 이 세상 모든 안해에게 미안해했다

요사이 나는 절집 천정에 천룡 그리는 작업을 한다
제석천 운해 속에 용틀임하는 그분의 비늘 한 점

터럭 한 올도 기도하듯 붓질한다 심우도나 지장보살
만다라를 그릴 때도 노래처럼 웅얼웅얼 소원을 빌었으니
— 아내가 십리도 못 가 발병 나게 하소서 옴마니반메훔

봐라, 그녀가 돌아왔다! 오자마자 사흘째 잠만 잔다
잠든 아내 얼굴이 부처를 닮았다, 나는 절로 손을 모은다
아이가 칭얼댄다 기저귀를 갈아야겠다, 랄라

TV와 함께 치맥을

화면을 열자 돼지들의 집단학살 현장이다
고기로 태어난 죄로 죽어 마땅한 한 종족의 비명이
산을 삼키고 기둥뿌리를 흔들고 계절마저 앗아가고

채널을 돌리니 로켓이 날아간다 탄도미사일이다
SLBM이다 하지만 발등에 떨어진 불만큼 뜨거울까,
촛불 든 사람들이 일렁인다
광장을 메운 인파가 펄럭인다
그분은 언제쯤 오시는가, 풍선을 든 아이가 지나간다

경찰이 캄캄한 방으로 끌고 들어가 옷을 벗으라 했어요
마이크를 든 홍콩 여대생 목소리가 떨린다, 첩첩칠흑 속에서
그들은 나를 강간했어요, 다른 여자들도 당했지요
우리는 도마 위 고기와 같았어요, 그녀는
포효하듯 검은 마스크를 벗어던진다

― 아 피, 이 피 봐라, 이집 그냥 날로 먹네
막 배달된 치킨을 뜯으며 남자가 투덜댄다

쓰다

왜 등산 모자를 쓰고 시를 써? 그가 묻는다
어차피 쓰는 건 마찬가지니까, 나는 대답한다
시나 모자나 다 쓰는 거잖아 그래서 이제부터는
모자를 시라고 부르기로 했어, 미쳤군!
고마워, 하지만 내가 제대로 미치려면 아직 멀었어
도대체 여기가 산이야 들이야?
내가 이제 겨우 미친 여기는 엘도라도야 나는
광맥을 찾는 중이라고, 정신 차리고 밥이나 해
밥? 좋지 이 밥은 아니 이 시는 카키색이 주제야 잘 봐,
최신유행 완전방수 고어苦語텍스 이젠 비가 와도
내 시는 젖지 않아, 근데 왜 그렇게 양아치처럼
쪼가리를 조각조각 이어 붙였어?
그래야 젊은 시라네 포스트모던이래나 뭐
웃긴다 챙 안팎 색깔이 완전 다르네?
표리부동은 신선하잖아 나도 미친 척 달라지려고
그래도 배색이 너무 유치하잖아 어린애도 아니고
고정관념을 버려 유치한 게 아니고 기발한거야
답이 없네, 흥 답이 왜 없어 오답도 답이야
동문서답일수록 아방가르드 4차원의 시가 되는거래
그래? 그건 얼마짜린데… 싸구려 아냐?

뭘 모르시네 이런 시가 요즘 유행이라 좀 비싸, 자 어때?
멋지지? 근사하지? 폼 나지? 그는 시큰둥,
그깟 시는 쓸데없이 왜 자꾸 주워 들여, 장롱 속에
수없이 처박아 놓고, 그깟 시라니
왜 내 시가 어때서?
얼른 밥이나 줘, 그만 집어치우고!

확 뒤엎어 버릴까… ?
나는 또 모자 때문에 잠을 설친다

이건 루이지애나 목화밭 이야기가 아니예요

삶은 리얼리티, 마디마디 곱씹는 중이예요
구체적으로 겨울이 오네요, 졸업이 다가오듯
솜이불을 덮고 누우면 울엄마 눈물 냄새가 나요

이건 루이지애나의 목화밭 이야기가 아니예요
광 넓고 사래진 밭, 그가 노래했어요
목화 따는 저 큰 애기 목화는 내 따주마
내 품에 잠들어라, 그녀는 두근두근 화답했지요
잠들기는 어렵지 않소 목화 따기가 늦어가오 *
솜이불을 덮고 누우면 울엄마 첫사랑 냄새가 나요

윤유월 햇살을 삼킨 천둥번개 비바람이 귓불에 매달려요
목이 꺾인 목화 대처럼 시든 사랑 앞에 반쭉정이
열매를 따던 그녀의 손등에는 검푸른 실핏줄이
지렁이같이 꿈틀댔는데요, 글쎄 이건 루이지애나 얘기가
아니라니까요, 질긴 내력인 듯 불면이 스멀거리는
솜이불을 덮고 누우면 울엄마 땀내가 나요

딩동딩동 CCR**의 '목화밭'을 헤매던 스무 살도 지났구요
목화솜 이불 속에서 해를 낳고 달을 낳은 나는

버릴까말까 들먹이는 녹슨 기타를 닮아가는 나는

십년동안 곗돈 부어 외동딸 혼수를 마련했다는
울엄마 몸내에 오늘 밤도 뒤척여요

* 기울임체 : 경남 진주의 구전 노동요 「목화 따는 노래」 인용.
** 1967년 미국에서 결성된 4인조 록밴드.

불광 혹은 발광 너머

－생일에 만나요 엄마, 중얼중얼 말꼬리를 내리죠

이제는 등이 굽고 슬픈 그 말의 혀를 뽑아
안주로 썰어 놓을까 하는데요, 비자도 없이
피안과 차안을 넘나드는 발 없는 말 옆에서 꾸역꾸역
마두금을 뜯는 건 참 먹먹한 일인데요, 엄마 어디세요?
사방이 안개에 가려 몇 발자국 앞이 안 보이는데요

포장마차에서 마주친 첫사랑처럼 어정쩡한 닭발과
돼지껍데기 사이, 르네마그리트의 파이프를 삐딱하게 문
그분이 비틀대는 사이, 불광불급不狂不及이라 히히힝～
발톱이 빠지도록 발광發狂하는 말을 채찍질 하는 사이

길을 잘못 드셨나, 불광佛光을 놓치셨나… 엄마 혹시
설미친 말이 막 달아나나요? 말 다루는 기술도 없이
가로 뛰고 세로 뛰는 말고삐를 잡으셨나요?
개천에 빠졌나요? 발광發光하는 창힐의 뒤통수를 치셨나요?
그러니까 엄마 그쯤에서 말을 버리세요, 여보세요?
걱정마세요 삼천대천 다 통하는 화통 쾌통 5G시대니까요
요즘은 글쎄 죽은 말도 포렌식으로 살려낼 수 있다니까요

>

엄마, 거기 계시죠? 근처에 있는 젊은이 좀 바꿔보세요
여보세요 울엄마 콜택시로 이리 보내주시겠어요? 플리이즈
우린 만나서 생일파티를 할건데요, 기념사진을 찍을건데요
여기 말 모르세요? 여보세요, 헬로, 오이가, 모시모시…

하이앵글로

화엄사 흑매화가 절색이라 자자해서 황사를 무릅쓰고 꽃구경 나섰지요 난데없는 우박이 들짐승처럼 울부짖으며 차창을 할퀴는데요 한 치 앞을 가늠할 수 없는 길 위에서 가다 서다 자동차 심장보다 내 속내가 더 들끓는데요 하느님 제석님 부처님 알라여 내가 아는 분들 다 불러 모시고 314.7km 대장정을 동행했지요 덕분에 무사히 늙은 절집 매화보살의 활짝 핀 화엄을 만났는데요 보살님도 봄바람은 참기 어려우셨는지 동어반복이거나 이음동의어로 울그락 붉으락 횡설수설 가지마다 화두가 어지러웠는데요 꽃그늘에는 중생들이 꽃보다 더 바글거리는거라, 고작해야 사나흘 소풍 나온 꽃들인 줄 번히 알면서도 나 어떻게 저 나무의 번뇌를 벽에 걸어두고 백팔 년쯤 음미해볼까, 카메라를 들고 궁리궁리 끝에 그래, 코끼리를 보려면 적당히 물러서야 하는 법, 절집 밖으로 나갔지요 담장 너머 언덕길에서 하이앵글로 매화나무 전신에 화각을 맞추며 뒷걸음치다 아뿔싸, 진흙탕에 한쪽 발이 절반쯤 빠졌는데요 바퀴자국에 고인 빗물에 올챙이들이 바글바글, 나는 엉겁결에 화들짝 발을 뺐지만요 누군가 지나가다 한마디 툭 뱉더군요 – 철딱서니 없는 년이 아무데나 싸질렀네,

하지만 진흙구렁에서도 연꽃을 피워내는 그분이 계시니 그곳

역시 극락정토라 믿고 집에 돌아왔는데요 내 사진에는 꽃들은
어디가고 올챙이 또 올챙이들 온통 올챙이 천지라, 고 수수알만
한 새카만 것들이 바글바글 고물고물 눈물겨운데요 웅덩이에 떨
어진 매화 꽃잎들이 점점홍 점점홍…

두물머리

얼어붙은 강바닥에서 미라가 된 물고기를 만났어
하늘을 날아다니는 꿈을 꾸다 저도 몰래 솟구쳤을까
투명한 관棺 속에서 동그랗게 눈을 뜨고 있었어
머잖아 태어날 태아를 닮은 것 같기도 하고
천 이백년 전에 죽은 미라 같기도 한데
그렇다면 이때 겨울 강을 무어라 불러야 하니,
신성한 무덤? 물의 자궁?

지금 내가 그에게 접근하는 방식은
일인칭 관찰자 시점이야, 고로 연민 따위 생략하고
접사接寫로 다가서기로 했어 이 순간
앵글은 담담해야 마땅하지, 얼마나 추웠느냐
얼마나 외로웠느냐 묻는 대신 반셔터를 누르고
호흡을 참는거야, 죽은 자 아니
아직 태어나지 않은 자의 침묵 밖에서
아웃포커싱 되는 배경은 관념적이어도 좋아

대한大寒 강가에는
노숙으로 뼈가 늙은 느티나무가 서 있지
나도 그이처럼 겨울 강을 바라보며 오래 서 있었으나

아무도 아프냐고 묻지 않았어 찰칵, 착각
셔터소리에 열리거나 닫히는 풍경 속이었어

달방 있습니다

'꿈의 궁전'이 신장개업 하는 날 '늘봄 여인숙'은 조용하다

'달방 있습니다' 유리문에 붙어 있는 빛바랜 A4용지 앞에서
나는 왜 열여섯 단발머리로 돌아갔을까, 그때의
'늘봄'은 꿈의 궁전 같았다 붉은 벽돌 담장을 기어오르는
담쟁이덩굴과 중세 성채 같은 아치형 출입구의 매혹이라니

그 문을 밀고 들어서면 왈츠가 흐르고 금빛 단추 반짝이는
제복의 기사가 손 내밀겠지, 그때 나는 깃털부채로
얼굴 살짝 가리고 로마네스크 기둥 뒤에 숨어야지
솜사탕처럼 부풀린 치맛자락이 들키도록

"들어오세요, 카드도 됩니다." 검은 유리문 안에서 힐끔대던
노랑머리가 의미심장하게 입꼬리로 웃는다

집 나온 여자처럼, 트렁크를 뒤로 감춘 나는 얼결에
"달방 좀 보려구요" 들릴 듯 말 듯 중얼거린다
"깨끗해요, 보여드릴까?" 계단을 내려서는 그녀에게
나는 부부싸움 하듯 조근조근 따져 묻는다
"반지하라뇨, 거기서도 달이 보이나요?" 순간

새빨간 입술이 왼쪽으로 약간 씰그러졌다
"달이요? 헐∼"

달도 안 보이는 '달방'을 팔다니, 홧김에 불끈
큰 가방보다 무거운 자존심을 질질 끌고
늘봄을 나와 꿈의 궁전을 지나….

굳애프터눈 1

화면에 들어서는 사내가 말했어, 굳 애프터눈!

그래, 이제부터 세상만사 시들하고 詩도 캄캄한 심정을
'굳애프터눈'이라 하자, 밑도 끝도 없는
집도 절도 아닌 굳애프터눈은 애꾸눈 황소 같아서
함부로 끌어낼 수도 없고 휴지통에 구겨버릴 수도 없지
그럼 이제 어쩌자는거야, 굳애프터눈?

낮잠이나 잘까, 소파에서 뒹굴다가 세상구경은 어때
채널이나 돌리다가… 어제 주문한 김치가 왔어
굳애프터눈 라면 먹을래?

빈둥빈둥 웹서핑을 하다가 울고 싶을 땐 춤을 추고
이 쌍녀러새끼들 욕하고 싶을 땐 사설도 했제＊
하필이면 그 대목에서 얼어붙었지, 어쩌자고
게임보다 초끈이론보다 굿마당에 발목이 잡힌걸까?

생자의 응어리를 치고 망자의 가슴을 두드리＊던
장구소리 징소리가 지잉징∼ 맴돌아, 굳애프터눈
굳애프터눈 머리를 쥐어박아도 아무것도 안 하는

그저 가만히 있는 굳애프터눈은 그냥 굳애프터눈

그는 어디서 왔을까?

굳 애프터눈!

편두통처럼 씩씩한 굳애프터눈,

* 이승하 시인의 「예인을 찾아서 1 – 박수무당 김석출」 편에서 인용.

굿애프터눈 2

기분 참 굿애프터눈 하네, 오늘도 그이는
툴툴거린다, 웃음도 팔지 않는 영혼도 팔지 않는 나는
굿애프터눈, 에미 애비도 모르는 꽃도 뿌리도 없는

사실 그이가 내 이름을 부르기 전까지 나는 무량억겁
허공에 성을 쌓는 침묵이었다, 깊이 모를 심해를
헤엄치는 카오스의 심장이었다, 문득
무심의 눈동자로 지나가는 한 점 우연이었다

곰팡내가 나는군, 그이는 구시렁구시렁
시를 찢어버리기 시작한다, 시고 떫군, 느글느글하군

말로 말할 수 없는 나는, 있지도 없지도 않은 나는
달아날 줄도 몰라서, 죽을 수도 없어서
수미산 기슭에 우는 산새이다가
들판에 흐드러진 개망초에 취한 낮달이다가
늙어가는 회나무를 흔드는 바람이다가
발정난 고양이의 불타는 눈빛이다가
그 어느 것도 아니다가, 그 모두이다가

>

굳 이브닝! 붉은 드레스 자락을 휘날리는 그대에게 묻는다
백 살도 넘은, 백만 살도 넘은 나는 무엇인가?

파이

읽던 신문을 가슴에 덮고 설핏 잠에 빠집니다

38.5도 신열을 딛고 움트는 떡잎, 싹이 나고 잎이 나고
묵찌빠, 적막이 실핏줄처럼 뿌리를 내립니다
사회면 비명을 씹는 염소인양 지상의 나날들을
산채로 씹어 먹는 잡식성 몸살은 오, 어느새
뇌수를 뚫고 잔가지가 무성합니다

무성한 뿔을 인 사슴이 겅중겅중 뛰어다닙니다
천방지축 달리다가 달리의 시계를 밟았나요, 시간은
안녕하십니까, 박살난 유리에 천둥번개가 스칩니까
소름처럼 파릇파릇 잡초가 돋아납니까
백지 위에 고삐를 풀어놓은 것들은 다 무엇입니까?

황제에게 꼬리치는 것, 뱀피구두를 신은 것, 훈련된 것,
다족류, 발광하는 것들, 말할 수 없는 것, 방금 막
신을 버린 것, 들여다보면 구더기처럼 꿈틀거리는 것들,
백과사전에도 없는 것, 토마스 핀천, 스베틀라나 알렉시예비치,
거북이족, 천둥벌거숭이, 데스페라도 기타* 등등

>

머리통이 좀 가벼워졌습니까. 02시 49분이 착각착각
분해된 나를 조립합니다 3.14159… 가슴 한 조각을
아직 찾아내지 못해 구멍이 뻥 뚫렸습니다만

* 보르헤스「존 윌킨스의 분석적 언어」패러디.

2부

우루무치에서 석양까지 달려

파미르고원 접경에 도착했다
흉노공주와 이리 사이에서 태어났다는 위구르족의 자치구,
총을 멘 군인들과 붉은 완장들이 앞을 가로 막는다
몽둥이가 늘어선 검색대를 벌벌 통과한다, 여권을 코앞에
대조하고 신발까지 벗기는 황당한, 무례한, 불쾌한,
다시는 오지말자, 주먹을 꽉 쥐었지만 천산산맥 자락
해발 2000m 호수 앞에서 불온한 결기는 무장해제 당한다

비단 같은 운해를 허리에 두른 설산 아래 늙은 가이드의
구전설화가 신의 치마폭처럼 수면에 일렁이는 사리무호,
해맑은 이마에 물방울이 맺힌 야생화가 함부로 눈물겨운데
당신은 내일 아침 떠난다, 떠나겠다 말한다
들은 듯 못 들은 듯 나는 마른 살구만 씹는다

낡은 파오에서 연기가 피어오른다, 양고기를 굽는다
아무렇지도 않은 척 새도록 혼자 술잔을 기울이는 사람
는개비는 내리고 잠자리는 눅눅하고
꿈자리는 발이 푹푹 빠지고
이국의 무녀가 알비노 염소 피에 절인 도마뱀 눈알과
전갈의 혓바닥, 지네 발톱을 갈아 마구 휘갈긴 부적을 내민다

언뜻 퇴마록에서 본 듯도 한 저 발칙한, 저 요망한

으슬으슬 눈을 뜨니 덜렁 혼자다, 춥다, 뼈가 시리다
속울음처럼 들려오는 빗소리, 아아 빗소리, 이 비가 그치면
나 또한 떠나리라, 남염부주 대궐 북쪽 붉은 산으로 가리라

화답인 듯 천둥 친다, 하늘에 쩍쩍 금이 가기 시작한다

우주로 가는 포차

방파제를 바라보며 엉거주춤 주저앉은 포장마차는
바람이 불 때마다 곧 날아갈 듯 죽지를 퍼덕인다
노가리를 구워놓고 재채기하듯 이별을 고하는 남자
그 앞에서 여자가 운다, 나는 번데기를 좋아하고 당신은
나비를 좋아하지 소주잔을 비우며 그가 중얼거린다
그래, 어차피 그게 그거니까… 자, 한잔 더

술맛도 모르면서 무슨 시를 쓰니,
밤꽃이 흐드러진 유월 숲을 등지고 서 있던 사람
얼굴을 반쯤 덮은 수염이 고독처럼 이글거렸다
너는 시를 사랑하고 나는 신을 사랑하지, 경전을 요약하듯
건조체로 시작한 그의 말에 나는 벌 쏘인 듯 심장이 얼얼했다
어차피 그게 그거니까 자, 마지막으로 딱 한잔만

부두에 묶인 배처럼 우주로 가는 로켓처럼
엑소더스를 꿈꾸는 걸까, 엉덩이를 들썩이는 포장마차
거기서 파는 안주는 실연처럼 너무 매워 눈물이 나지만
정말이지 나 미치도록 괜찮다네, 아슬아슬 다 괜찮아
마주 앉은 신에게 술잔을 높이 든다, 건배!

>

스무 살이 떠난 자리, 길고양이 울던 자리
랭보가 빈 잔을 앞에 놓고 멍하니 앉아 있다
체 게바라가 실눈 뜨고 줄담배를 피우고 있다

모하비

한 사내 헐렁한 반바지만 걸치고 사막의 정오를 걸어간다
며칠이나 면도를 거른 걸까, 거뭇거뭇 구레나룻이 자라
얼굴이 좀 야위어 보인다 왼쪽 팔뚝을 꿈틀꿈틀 타고 오르는
검푸른 용, 여차하면 불을 뿜을 듯 어깨 위에서
입을 크게 벌리고 있다 나는 첫눈에 그를 알아본다
아담! 사과조각이 목젖에 걸린 저,

환하게 손 흔드는 그 인사가 왠지 낯설지 않은데
우리 어디서 만났더라, 트빌리시? 고담? 에덴?
미소에 꿀이 줄줄 흐르네 허니허니, 나 그냥
저 사람 따라 갈까보다, 두 눈에 우수가 우물처럼 깊어
한번 빠지면 헤어 나오기 힘들 것 같은 남자, 이봐요
우리 사과나 훔쳐 먹으러 갈래요, 꼬리치며
심줄이 툭툭 불거진 그 팔에 매달릴까보다
난 몰라, 눈 딱 감고 야반도주나 할까보다

그는 도마뱀을 사냥하고 나는 선인장 가시 끝에 맺힌
이슬 모아 애인의 입술 축여줘야지, 외로웠다
그리웠다 달빛 아래 고백해야지 넉넉한 그 가슴에
머리를 묻고 어깨를 들썩이며 흐느껴야지

>

옷통을 벗어젖힌 그 사내 여전히 모래밭을 걸어간다
이두박근 삼두박근이 배낭을 메고 걷는다
가슴께까지 흘러내린 갈색 머리칼이
야생마 갈기처럼 흩날린다

드림파크

가을꽃축제가 흐드러진 이곳은 쓰레기 매립장이었다

먼지와 악취, 연기가 다스리는 부패의 왕국
누가 잃어버렸거나 누가 버린 것들이 불귀 불귀
제 **뼈**와 살을 다 바쳐 번제를 지내는 곳

코스모스가 일렁인다, 살려줘 살려줘 응애응애
야아옹 우우우우 사라진 것들이 이명처럼 맴돈다
피 묻은 청바지, 꺾어진 붓, 시든 장미, 깨진 장난감,
봉투도 뜯지 않은 시집, 콘돔, 생선 대가리,
누군가의 손가락, 팔, 다리, 누가 끌안고 살던 꿈, 노래…
여기는 드림파크 망각의 유토피아,
샛노란 아기해바라기들이 까르르 까르르
목젖이 다 보이도록 깔깔거린다

꽃투성이 코끼리가 성큼 카메라 속으로 들어선다
— 몸이 온통 꽃밭이니 고통조차 환하구나, 나 혼자 중얼중얼
앵글을 돌리니 곧 승천할 듯 꼬리를 곧추 세운
거대한 용이 포효한다. 작은 사슴뿔에 비늘 대신 꿈틀꿈틀
황금빛 국화가 용틀임인데 세상에, 여의주가 너무 크다

– 저걸 물고 어찌 날아가누? 저러다 추락해
이무기로 사는 건 아닐까 몰라 별걱정을 다 하다가

그래, 여기는 드림파크, 꿈이 꿈을 꿈꿔도 좋은 꿈의 천국
– knock knock knockin' on Heaven's door*
나는 벤치에 앉아 발장단을 치며 사과 한입 베어문다

* 밥딜런의 동명 노래가사 부분 인용.

뻥튀기를 위한 일리아드

뻥튀기를 사와야지, 병원을 가던 중이었어요, 때는 물론
오디세우스가 아킬레스의 갑옷을 물려받은 후의 일이죠

공사중! 붉은 테두리의 삼각 팻말이 완강하게 막아서는데요
얼핏 보니 하수도관 뚜껑이 열려있는데요 풍문으로는
그 안에 머리 아홉 개 달린 이무기가 산다는데요 하데스의
개를 키운다는데요, 나는 지금 내 안의 하수도를
점검하러 가는 길이라 그 구멍의 침묵이 궁금했는데요
길은 암흑 속 그들의 배설물 같은 게 질척질척한데요
용감한 시민들이 발자국을 콱콱 찍으며 지나가는데요
형광색 화살표를 따라 나도 골목으로 들어섰는데요

좁다란 미로에는 화살표가 끊일 듯 이어졌어요
'알렉산드로스 왕에 의해 파괴되고 창녀 프리네에 의해
복원되다'라는 글이 새겨진 테베의 성벽 같은 축대가
나타났지요 거기, 그녀의 머릿결처럼 흘러내린 능소화가
이글이글 타올랐어요, 아마 트로이의 명장 헥토르라도
꽃에 취해 행복하게 항복했을 것 같은데요?

푸른 마스크를 쓴 의사는 팻말도 경고도 없이

내 창자 속을 염탐 중인데요, 내 안의 천길 동굴 속에서
외눈박이 키클롭스가 깨어나 화를 내면 어쩌죠?
순순히 무릎을 꿇으면 세상살이가 좀 편해질까요?

열두 번 죽음을 건너 고향에 돌아 온 이타케 섬의 전사처럼
운명의 추가 오르락내리락하는 그분의 황금저울 위에서
나는 어질어질 흔들리고 있어요, 뻥튀기고 뭐고 다 잊은 채

미추홀*은 안녕해요

그와 만나기로 약속한 극장은 임시휴일이네요 예고 없이
빗방울이 후두둑거려요 손에 든 카푸치노가 식어가요
그는 오지 않고 문자만 날아와요 시시한 연애는
마지막도 시시해요 영혼 없는 이모티콘처럼
벚꽃이 헤프게 윙크나 날려요

정처 없이 걸어요 갈 곳이 없다는 건 어디를 가도 좋다는
의미, 방황의 기술도 없이 모래가 우는 사막을 걸어요
권태의 미로를 걸어요 날개가 퇴화한 걸 잊고 24층에서
뛰어내린 사내는 어디로 갔을까 두리번거리며 걸어요
지하철을 타고는 천국에 갈 수 없나, 중얼중얼 웃어요

먹자골목 지나고 지수화풍地水火風 건너 삼백년쯤 걸어요
－사랑은 감기 같은 것 유행가가 흐르는데요
오랫동안 신열에 시달리면서 그게 감기인 줄도 모르면서
쇼윈도 앞에서 초저녁처럼 서성이면서 울랄라
구백년 후에 만날 애인이나 점치러 갈까 하는데요

샨티 샨티 페넬로페가 타로카드를 뒤집어요 화들짝,
황금빛 새가 동공 속으로 사라지는, 향로에서

52

피어오르는 실연기가 어지러운, 멀미처럼 왈칵
외등이 켜지는 미추홀이 깨어나요 저기 길 건너
미추홀 고시원, 미추홀 생맥주, 미추홀 에어로빅,
미추홀 당구장, 미추홀 김밥…

오오, 비류의 왕국은 안녕하시고요
거리에는 백제의 연인들이 팔짱을 끼고 걸어요.

*현 인천광역시의 옛 지명.

맘마미아

번진 마스카라를 지우며 화장실에서 나는 운다, 맘마미아!
– I've been cheated by you since I don't know when*
오늘도 객석은 만원, 쏟아지는 박수갈채가 조명보다 뜨거운데
당신 어깨에 기댄 그녀의 머리칼은 꽃구름처럼 아름다워
– So I made up my mind, it must come to an end*

언제나 변함없이 네비게이션은 친절하다 – 속도와 신호에 주
의하십시오. 나는 늘 속도와 신호를 준수했건만 세상에나, 거
리엔 밤도깨비들이 번쩍이는 눈알을 뽑아 들고 도깨비 1이 앞
지르고 도깨비 2가 확 덤비고 도깨비 3이 끼어들고 도깨비 4가
으르렁 도깨비 5가 번쩍번쩍 도깨비 6이 휘리릭 도깨비 7이 8,
9…가 어지러이 뒤엉켜 신파극처럼 끝도 없이 얽히고설키고 시
끄러운 이 속내를 어쩌나, 이대로 무작정 내달릴까 하다가 비에
젖은 길을 따라 허기를 싣고 통속한 연애를 싣고 삼류 배우를 싣
고 흐르고 흘러가다 잠수교를 건넌 다음 도솔천을 지나 그래, 이
번엔 유턴 그리고 전생의 1차선에서 700미터쯤 직진하다가 환
절기쯤에서 좌회전하고 다시 300미터, 이번엔 우회전하면 어
쩜 좋아 엊그제 그가 쓸쓸한 그림자를 심어 둔 자리 – 목적지 부
근입니다. 흥, 당신은 나의 목적지가 아니거든! 아무렇지도 않
은 척 금속성 심장을 왈칵 모질게 비틀어 끄고는 괜스레 두리번

두리번, 문득 사랑니가 욱신거리네 맘마미아, 내일은 꼭 치과에 가서 아예 뽑아버려야지 그런데 잠잠한 전화는 왜 자꾸 들여다 볼까? 맘마미아, 맘마미아

* 연극 또는 영화 〈맘마미아〉의 OST 가사 부분 인용.

배꼽에 관한 단상

눈뜨면 습관적으로 휴대폰 배꼽을 누르지요
오늘 우산을 갖고 나갈까요? – Q 터치
언제부터인가 나는 어머니에게 묻던 걸 전화에게 묻지요
그래서 이제는 전화기를 '어머니'라 부르고 싶어요
어머니 안녕히 주무셨어요, 밤사이 세상엔 별일 없었나요?

유디트가 잠든 적장의 목을 베었다는구나, 카라바조를 조심해
그는 너를 목격자로 현장에 그려 넣을 수도 있으니까
그런데 살인이 아니라 애국이라니, 나라를 구하려면
제물이 필요한가보다 봐라, 지금도 피비린내가 진동하는구나

오오 모르는 게 없는 나의 어머니, 어머니를 닮고 싶어요

그렇다면 프랑켄슈타인 같은 능력 있는 의사를 찾아보아라
그가 토막낸 시체에서 2진법의 DNA를 가진
싱싱한 배꼽들을 얻을 수 있을거야, 하지만
우리끼리의 비밀은 꼭 지켜야 한다 걱정 마세요 어머니
하이퍼링크만 따라가면 그런 건 이미 공공연한 비밀이죠
지금은 심장 없이도 살 수 있는 21세기
머리나 가슴 같은 건 필요 없죠 이젠 누구나

손가락으로 생각하니까요, 내면을 텅텅 비울수록
메모리 용량이 커지거든요

어쩌죠? 당신은 죽고 싶어도 날마다 다시 태어날거예요
악령 들린 마녀처럼, 불구하고 탯줄을 끊지 못해
당신을 추종하는 착한 양들을 보세요, 당신의 젖을 물고
찬양하는, 과식하는, 멀미하는…

생쥐나라의 엘리스

어둠이 낳고 음력이 키워낸 달이 모니터에 걸려있네

생각 없는 생각으로 시간을 죽이는 일이 언제부터인가는
2진법으로 수립된 생쥐나라의 식민정책이라는데

클릭클릭 검지 끝으로 불러낸 에릭 사티의 고백을 듣네
'나 당신을 원해요', 방문을 닫고 천천히 볼륨을 높이네

건반 위의 달빛은 붉어서 클릭, Je te veux* 장미처럼 붉어서
클릭, 오래 전 죽은 이의 악몽 같은 사랑과 아름다운 이별 사이
클릭, 블랙커피 같은 자정이 씁쓸한 저 거울 위 클릭
거꾸로 매달린 마른 장미 클릭
 ─ 저것은 꽃입니까, 주검입니까?
미친 척 묻고 싶은 엘리스는 어디까지 미친 걸까,

사실 지금 여기는 체셔 고양이의 무대, 신성한 밤의 변경
멸종위기 1등급 늑대나 여우는 배경음악에 취했는지
야성을 망각한 채 「지식백과」에 얌전히 엎드려 있는데
오선지를 내달리는 자동재생 음표들의 발톱은 날카로워
엘리스의 가슴을 할퀴거나… 찢거나… 파고들거나…

\>

육신을 비워버린 한 사내의 피아노가 흐르네
일렁이는 선율에 혼을 헹구는 엘리스
방문을 굳게 닫고 천천히 볼륨을 높이네

* Je te veux(그대를 원해요) : 앙리파코리의 시를 에릭사티가 작곡.

곰탕이 끓는 동안

안드로이드의 메일을 읽는다, 그이는 새로운 행성에서
계율을 어기고 마고할미와 불륜에 빠졌다고 고백한다
(그래 사랑 좋지, 다만 영원하지 않을 뿐이야) 너는
상투적으로 답장을 썼다, 지웠다, 투덜댄다 −좀 끓네

곰탕이 펄펄 끓는다, 타이머를 맞춰놓는다
누군가의 도가니에서 진국이 우러나오는 동안
중얼중얼 검색에 열중하는 너
−이 사랑을 버릴까요? 아인슈타인에게 묻는다
'상대성이론'에 닿으셨으니 이 정도야 뭐
식은 죽 먹기 아니겠어요? 아 이제 생각해보니 너는
언젠가도 뼈다귀를 우려 놓고 궤도를 이탈했었어

그때 너는 은하열차를 탔는지 빗자루를 타고 갔는지
영하 40도 동토의 얼어붙은 호수 위를 걷고 있었지 아마도
거기 얼음동굴 속 미라가 되고 싶었는지도 몰라, 괴물의
목구멍처럼 깊고 어두운 동굴 속 고드름은
악마의 이빨처럼 길고 날카로웠는데 너는 어찌
그 입속에 들어가 천불 천탑을 쌓을 수 있었을까,
어쩌다 운주사 와불처럼 절반쯤 눈을 감고 살기로 했을까,

\>

뼛속에서 고드름이 자라는지 반백년 째 잠을 못 이루는 너는
오늘도 −이 남자와 헤어질까요? 여기저기 클릭클릭
오만 사전을 다 뒤져도 정답을 못 찾을 너는 마침내 유레카!
지금 아르키메데스를 찾아가는 중인데… 따르르르릉～

타이머가 열렬히 운다, 곰탕은 함부로 끓는다

Happy death day!

블랙홀에 빨려 들어간 코끼리를 구하러 가는 길이었어
불꽃이 펑펑 터지는데 둘러보니 강당인지 강변인지 저 멀리
대형스크린이 보이는거야, 영상으로 보여주는 불꽃놀이?
시시해, 일어서려는데 몸이 움직여지지 않는거야

코끼리를 삼킨 블랙홀 내부였나, 붉은 구름을 깔고 앉아
하늘로 가는 배를 그리는 이가 있었지, 독수리보다
날카로운 손톱에 쥐수염 붓을 든 그는 사람의 얼굴에
용처럼 누런 비늘이 번뜩이는 몸뚱어리를 꿈틀거렸지

저기요, 하늘로 가는 배는 어디서 타야 하나요?
아, 그 배를 타려면 우선 전철 1호선 도원역에 내려야 해요
복사꽃밭 있던 자리에 얽히고설킨 레일이 보일거예요
플랫폼을 잘못 들어 염라국 직행을 타는 이들도 있는데요
거긴 아직도 투기억제지역으로 묶이지 않았다네요
(그럼 그 동네 가서 한 판 크게 해먹고 튈까 ㅎㅎ)

어디인지 그늘이 삼만리를 덮는 고목에 기대어
딱 하룻밤 눈 붙였을 뿐, 툭툭 털고 돌아오니 여기는
일년이 지났다네? -Happy death day! 기제사라네?

>

주과포혜에 쌍촛불 밝히고 흠향하시라
잔을 주거니 받거니 하는데

아, 블랙홀에 빨려 들어간 코끼리는?

살구나무 장롱*에 기대어
― 이경림 시인께

출가한 조주선사를 오랫동안 남편 몰래 흠모했다 고백하던
그녀, 두보와 이백을 책장 뒤에 숨겨두고 양다리 걸치다가
내가 짝사랑하는 르 클레지오와 밀애를 즐기기도 하고
이름만 대면 다 알만한 젊은 연인과 야반도주 했다가는
요즘은 보르헤스와 불륜에 빠졌다고 소문이 자자한 그 여자는
마침내 어흥, 푸른 호랑이를 낳았다는데

가끔 허방 짚어 무릎을 깨거나 혈압약을 언제 먹었나
진지하게 고뇌하는 그녀가 실은 어느 생의 나 같기만 해
빙하가 다 녹거나 말거나 같은 별에 그렇게 살면서
알아서 모른 척 몰라서 아는 척 하는 그런 사이라, 우리는

어젯밤 장딴지에서 노니는 쥐를 쫓다 불면의 늪에 빠진 나는
그 푸른 호랑이를 만나려나, 안개 낀 미로를 헤매다가
가시덤불을 헤치고 한참을 더 헤매다가 으으… 가위눌려
흐릿한 갑골문자 몇 조각 주워들고 비틀비틀 걸어 나오니
여명의 긴 속눈썹이 파르르 떨고 있었는데

아 그 사이, 푸른 호랑이가 밟고 갔는지 군데군데
어혈 든 몸을 추슬러 천천히 살구나무 장롱에 기대앉으니

내게 뿌리가 내리려나, 문득

실핏줄 따라 흐르는 물소리 들리고 얼핏

스치는 푸른 호랑이 그림자를 본 것도 같은 지금,

* 이경림의 시「살구나무장롱」제목 인용.

금연일지

아홉 번째 실패다

― 담배도 끊고 오래 살아 뭐할래?
그 친구를 핑계 삼아 궐련 한 개비 입에 문 순간, 아아
사흘만 앓게 하시고 자는 듯 데려 가소서,
지푸라기라도 잡으려는 손끝이 바르르 떨렸다

한때 인디언의 신이었던, 광해군 시절 만병통치였던
연기의 유혹에 무릎 꿇은 이후 나는 변했다
치사량의 외로움도 지긋이 불사르고 그리움도 모른 척,
니코틴 같은 불안에도 굳은살이 박여갔다
필터를 잘근잘근 씹으며 눈물도 참을 수 있게 되었다

생체시계가 고장난 실험쥐처럼 나는 잠들지 못한다
기승전결이 없는 싸움, 두려운 건 죽음이 아니라
패잔병의 무력감, 나의 뇌를 부식시키고
폐를 좀 먹는 중독, 너무 오래 살아 눈멀고
귀 어둔 분이시여 아직도 보기에 좋으십니까?

이번에도 실패다, 구백 아흔 아홉 번째다

>

　지구 밖으로 흘러가는 구름을 따라가고 싶은 날
　떠난 사람 전화번호를 나도 모르게 누르는 날
　한 모금 위로가 폐부 깊숙이 꽂힌다, 비수처럼

갯메꽃

쩔쩔 끓는 모래바닥을 온몸으로 기어다니는 이
사람들은 그녀를 꽃이라 부른다, 모래 위에 핀 연분홍

– 독한 년, 할머니는 나지막이 내뱉고 돌아섰다
내내 말없이 서 있던 여자도 돌아섰다 여섯 살 아이는
잠시 망설였으나 쫓아가 그녀의 치맛자락을 움켜잡았다
– 안 돼, 할머니의 단호한 한마디에 주저앉은 아이
– 저건 이제 니 에미가 아니다
초여름이었다, 어슴푸레 바다가 흔들리던 밤이었다

혀가 쩍쩍 갈라지는 모래펄에서도 살아남는 갯메꽃
입소문을 따라 모래가 발목을 휘어잡는 바닷가를
반백년쯤 헤맨 끝에 겨우 찾아냈다, 초여름이다

더러는 모래에 납작 엎드려 꽃을 앞세우고 사진을 찍는다
사람이나 풀이나 바탕이 키워주는거라…
하여 나의 앵글은 적당히 모래 바닥을 드러내기로 한다
딴에는 배경을 다양하게 들러리 세웠는데도 그게 그거다
바다, 섬, 모래, 돌멩이 그리고 분홍의 그녀

>

간혹 실수로 꽃을 밟는 발길도 있었지만
꽃밭에 들앉아 분홍을 깔아뭉개는 이도 있었으므로
이후, 그녀가 사는 장소는 공개하지 않기로 했다

3부

찰칵, 착각,

상사화 찍으러 가자네, 일기예보 비 온다는데
외딴 절집을 활활 태우는 방화범 잡으러 가자네
어느 생인가 내 가슴에 불 지르고 달아났던 사내가
무럭무럭 잘 늙어 단 둘이 꽃 보러 가자 조르네

이슬비가 내리네, 소리 없이 내리네
젊은 애인 따라 야반도주한 아내가 보고 싶다
꽃에 파묻혀 죽고 싶다 속울음 우는 그 사람처럼
흐느끼는 안개비, 말없이 바라보는 전생의 연인을 두고
이냥 죽고 싶다는 듯 주르륵 흐너지는 는개비

따라 죽을 생각도 없이 나도 죽고 싶다 말할까 하다가
빗방울이 보석처럼 맺힌 꽃술에 홀려 셔터를 눌렀네, 찰칵

비명도 없이 찰칵, 매크로렌즈에 갇히는 기다란 속눈썹이
찰칵, 사무치도록 붉어서 찰칵, 방울방울 유혹이어서 찰칵,
想思가 난치병인 줄 찰칵, 모르는 것도 아니어서 찰칵,
꽃 속에 파묻힌 돌부처는 찰칵, 여전히 묵언 삼매경이어서
찰칵, 나는 앵글을 돌리는 척 찰칵, 슬픔이나 살피는 것이어서
찰칵, 도끼로 발등을 찍듯 사진만 찍네, 찰칵, 찰칵, 착각, 착각,

허공에 매달린 물고기를 겨눈 카메라 초점이 흔들리네

회색 말이 있는 풍경

그를 내게 데려오느라 며칠 잠을 설쳤습니다.
먼 길을 달려온 그는 아직도 숨을 고르는지
직수굿 고개를 숙이고 조용히 서 있습니다.
탄탄한 근육이며 단정한 입매가 귀족처럼
품위 있어 보입니다. 목에 늘어뜨린 비단 술이
바람이 불 때마다 나부끼는 것도 아름답습니다.
단지 마음에 걸리는 것은 젖어있는 눈빛입니다.
깊은 사색에 잠겨 땅을 보는 듯 꿈을 보는 듯
반쯤 내리깔고 있는 그의 시선은 애틋하기도 합니다.

천관녀를 찾아가던 화랑의 말이었을까?
전사한 주인을 싣고 온 발해의 병마였을까?
국경 너머 팔려 간 어린 딸을 그리는 어미일까?

오늘은 아무래도 잠이 오지 않아
슬며시 그의 방문을 열고 불을 켭니다.
순간, 그와 눈이 마주칩니다.
8호짜리 캔버스 위에 고요히 서 있는 이.
그 역시 아무도 없을 때는 혼자 우는지
눈자위가 우련합니다. 젖은 그 눈을
멍하니 응시하고 오래 앉아 있습니다.

마포 1

곰이라 불리던 한 사내가 있었다, 홋카이도? 때로는
대전이 고향이라던 그는 부모형제를 모르는 뱃사람이었다
띠 동갑 젊은 아내와 불혹 중반에 얻은 외동딸이 있었다

마포나루에 그의 배가 들면 소금장수들이 몰려들었다
곰보다 힘이 센 사내는 소금가마를 팽이 치듯 다루었다
사람들은 통이 큰 그를 좋아했으며 목소리가 큰 그를
두려워했다, 씨름판이나 노름판에 빠지지 않는 사내는
화류에 빠져 한 철, 마작판을 들러 엎으며 또 한 철,
곤드레만드레 최대포집을 드나들 때쯤은
장마철 쭈그러든 소금자루처럼 주머니가 허룩해져 있었다

솟을대문 지나면 연못에 금붕어가 노니는 요릿집이 있었다
대여섯 살 아이를 그 집 앞에 세워두고 젊은 엄마는 숨었다
아이가 내 집처럼 아장아장 들어서면 여자들은 그를 불러냈다

딸아이를 업고 집으로 돌아가는 길, 그는 노래를 흥얼거렸다
한 백년만의 귀가, 아내는 잘 손질한 모시옷을 내놓았다
앞마당에 모깃불을 피워놓고 대청마루에 자리한 아비는
아이가 잠들 때까지 꾸벅꾸벅 태극선을 휘둘렀다 새벽녘,

가슴에 딸을 품고 잠든 그에게 아내는 북어 국을 끓여냈다

우물가에 다투어 핀 보랏빛 나팔꽃에 이슬이 영롱했다

마포 2

철길이 있었다, 용산과 당인리 화력발전소를 잇는
기차가 있었다, 석탄을 가득 실은 화물차는 삼각지
땡땡거리 지나 도화동 사창고개에 이르면
뱃고동인양 목이 쉬도록 기적을 울려댔다
숨을 헐떡이며 언덕을 기어오르던 거북이 열차,
그 위로 뛰어오르던 유령 같은 그림자들이 있었다

그들은 맨손으로 석탄을 퍼냈다, 기계처럼
뒤따르던 아낙들이 쏟아진 석탄을 자루에 쓸어담았다
구르는 열차바퀴에 휩쓸릴 듯 머리칼이 옷자락이 휘날렸다
공덕동 굴다리에 닿기 전, 철마에 가속이 붙기 전
그림자들은 뛰어내렸다, 일사분란, 묵시적이었다

부러진 정강이에 널빤지를 묶고 절뚝이던
한 가장이 있었다 남녘이 고향이라던 그 사내
행주샛강에서 떠올랐다, 그가 살던 판잣집은
흙바닥에 거적이 깔려있었다 퉁퉁 부은 노모와
어린남매 그리고 만삭의 아내가 있었다

누더기 천막지붕 밑 여기저기 놓인
빗물받이 깡통에서는 실로폰 소리가 났다

마포 3

아버지의 여자가 있었다, 서리가 하얗게 내린 늦가을 아침
파마머리에 검은 하이힐을 신고 하염없이 앞마당에 서있던 이,
하얀 행주치마를 두른 엄마가 부엌에서 안절부절 하고 있었다

아이는 여자의 곁을 맴돌았다, 냄새가 좋았다
나팔꽃 같은 플레어스커트 자락을 살짝 만져도 봤다
그녀가 가만히 웃었다, 아이도 가만히 웃었다
아버지는 마당에 나가 연신 담배연기를 내뿜고 있었다

집안은 숨소리에도 쩌엉쩡 금이 갈 듯 고요했다
일곱 살 아이는 댓돌 아래 놓인 여자의 구두에 발을 넣고
뒤뚱거렸다, 넘어졌다, 울지 않았다, 다시 발을 꿰었다
아까 그녀가 서 있던 자리에 젊은 엄마가 넋을 놓고 서 있었다

아침상을 물린 후, 그녀와 아버지는 건넌방으로 건너갔다
뒤따르던 아이는 엄마의 손아귀 힘에 놀라 멈칫했다
한 장 창호지로 격리된 방안은 잠잠했다, 조근조근
말소리가 들린 건 한참 후, 작은 주먹을 꼭 쥐고 선 자리에서
아이는 꼼짝도 하지 않았다 백일해와 빈혈로 지친 아이가
식은땀을 흘렸다, 비틀거렸다, 쓰러졌다

>

눈을 뜬 아이의 머리맡에는 하트형 붉은 상자가 놓여있었다
보일 듯 말 듯 떨리는 엄마의 손끝에서 꽃처럼 아름다운
공단리본이 천천히 풀렸다. 심장이 녹아내릴 듯한 초콜릿향에
잠깐 현기증이 일었다. 잔잔하게 주름진 얇은 종이그릇에
하나하나 담긴 그것들이 왠지 노여워
그렁그렁해진 아이는 상자를 확 밀쳐내고 말았다

상강, 철모르고 핀 장미가 고개를 꺾고 서 있었다

마포 4

외동이인 그 아이에게도 한때 '언니'가 있었다
아이보다 일곱 살이나 더 먹은 복례언니, 그니의 엄마는
그 애 아버지의 여자였다, 어른들의 세계는 알 수 없는 일
아이의 집에 남겨진 그니는 집안일을 거들었다

개구쟁이들이 '울보 째보' 아이를 놀리면 그니가 달려왔다
그 애는 온종일 복례언니를 졸졸 쫓아다녔다, 그러나 언니는
아이 몰래 밤마실을 다니기도 했으니 그런 날이면 아이는
동네가 떠내려가도록 울었다, 엄마에게 꾸중을 듣고
언니가 훌쩍이면 그 애는 더 섧게 따라 울었다

마포나루 빨래터가 언제부터인가 강 건너편으로 옮겨갔다
드럼통을 엮어 물위에 띄워놓고 널빤지를 덮은 그곳에서
아낙들은 왁자지껄 방망이질을 하며 깔깔대기도 했다
복례언니가 빨래할 동안 아이는 모래밭에서 혼자 놀았다
 ― 두껍아 두껍아 헌집 줄게 새집 다오
꽃신이 동동 떠내려가고 있었다, 그걸 건지려는 순간,
아이의 붉은 무명치마가 풍선처럼 둥실~ 부풀어 올랐다

복례언니가 아이를 안고 울고 있었다 ― 언니 추워, 집에 가자

아이는 작은 손으로 그니의 눈물을 닦아주었다

그 저녁부터 아이는 고열에 헛소리에 혼수 속을 헤맸다
의사가 다녀가고 푸닥거리를 하고도 며칠 밤낮을 더 앓았다
깨어보니 언니가 없었다, 아이는 입을 꼭 닫고 눈도 뜨지 않았다
엄마가 말했다 – 이걸 다 먹으면 언니가 올 거야

그 애는 약도 뱉지 않고 밥알을 되씹으며 복례언니를 기다렸다

마포 5

전학 온 아이가 있었다, 그 애의 사투리에 아이들은
와르르 깔깔댔다, '문둥이 보리문둥이' 혀를 날름대면
자야는 책상에 얼굴을 묻고 두 손으로 귀를 감쌌다

나는 그 애의 친구가 되었다, 아니 그 애가
내 편이 되어주었다 '빼빼야 울지마라 낼모래 시집간다'
녀석들이 나를 놀리면 자야는 신발을 벗어 던지며
몇 발자국 뒤쫓는 시늉까지 했다, 만성늑막염을 앓던 나는
조금만 뛰어도 옆구리를 틀어쥐고 하얗게 질려
주저앉기 일쑤였다, 그 애는 늘 내 곁을 떠나지 않았다

자야는 엄마와 남동생이 있었다 그 집에는 내가 처음 보는
두꺼운 책들도 많았다, 눈으로 웃는 그 애 엄마는 아름다웠다
그네의 억양은 음악처럼 부드러웠다, 나는 자주 그 집에서
밥을 먹었다 울엄마는 쌀과 소금, 굴비 같은 걸 나르곤 했다

그날, 자야 엄마가 마루에서 데굴데굴 구르며 엉엉 울었다
내가 알고 있던 그 사람이 아닌 듯 가슴을 치며 울었다
겁이 났다, 엄마를 불러왔다, 엄마가 그네를 안고 같이 울었다
―아이가 무슨 죄라고… 몹쓸 사람 같으니라구

엄마는 혀를 차며 그네의 등을 오래오래 다독였다

그 밤, 아버지와 엄마는 내가 잠든 줄 알고 속삭였다
ㅡ애들끼리 싸웠는데 득수 아베가 자야 동생에게
'이 빨갱이 새끼가' 했대요, '엄마 빨갱이가 뭐야'
자야 동생이 묻더래요, 걔가 유복자인데

무서운 비밀을 엿들은 것 같아 나는 숨도 크게 쉴 수 없었다

마포 6

동네에 소문도 없이 끝순네가 이사를 왔다
'주책읎시 저걸 또 낳았당께요' 반백의 그 애 엄마는
자글자글 웃으며 울엄마에게 하소연하듯 말을 붙였다
그레고리팩을 닮은 대학생 오빠는 누구에게나 친절했다
'저런 아들 하나 있으면 죽어도 원이 없겠다' 울엄마는
골목을 꽉 채우는 그의 등을 넋을 놓고 바라보곤 했다

순이는 가끔 쿠키랑 젤리사탕 같은 걸 나눠 주었다
만석꾼이라는 둥 고향에 배나무 과수원이 있다는 둥
사람들이 부러워했지만 그 집 식구들은 못들은 척
조용하고 평화롭게 이웃들과 잘 어우러져 살았다
적어도 그 애 언니가 나타나기 전까지는

저물녘 동네에 미군 지프차가 들어왔다, 애들이 몰려들었다
시커먼 남자의 커다란 손을 잡고 양장미인이 내렸다
순이 엄마처럼 자그마한 몸매에 빨간 하이힐을 신고 있었다
'양공주다' 아이들이 술렁거렸다, 어른들은
저만치서 팔짱을 낀 채 바라보고 있었다

'헬로 깁미 초콜릿' 악동들이 순이를 놀려댔다, 다음날부터

그 애는 학교에 오지 않았다, 담임선생님이 나를 보냈다
이불을 뒤집어쓰고 울던 그 애가 갈라진 목소리로 말했다
'암시롱 안탕께, 니나 우지마라잉?' 나는 훌쩍이며 돌아섰다

동네에 소문도 없이 끝순네가 이사를 갔다
어디로 갔는지 아는 사람은 없었다, 새로 이사 온 남자애가
내게 불쑥 뭔가를 내밀었다, 발등에 리본이 달린 까만 구두였다
순이가 우리 집 댓돌에 벗어놨을 때 내가 살짝 신어보던

마포 7

대청마루에 누우면 휘굽은 듯 굵은 통나무 대들보가
근육질 가장처럼 지붕 밑을 다부지게 가로지르고 있었다
거기 양쪽 끝에 '龍'자와 '龜'자가 마주보며 꿈틀거렸고
중간에는 단기檀紀로 상량일자를 기록했다, 그 아래
오른쪽에는 應天上之三光, 왼쪽으로는 備地上之五福
해서체 두 줄 먹 글씨가 나란히 적혀 있었다
뼈를 드러낸 서까래 사이사이 덧바른 하얀 석회가 정갈했다

우리는 나란히 누워 서까래 숫자를 세고 있었다
사내아이가 말했다 - 우리 옥편을 찾아볼까? 그때 둘이는
대들보에 적힌 검은 글자들을 읽어볼 셈이었다
활짝 열린 마루 뒷문으로는 강바람이 드나들었다

누군가 나를 흔들어 깨웠다, 부스스 눈비비고 일어나니
엄마가 뺨을 후려갈겼다 - 계집애가! 불에 덴 듯 뜨거웠다
옆에서 그 애가 벌떡 일어났다, 후다닥 책가방을 들고
번개처럼 뛰쳐나갔다 -개 애비가 폐병쟁이란 말이야
화가 안 풀린 듯 엄마는 목소리를 누르고 나를 노려봤다

사내아이 엄마는 텍사스 골목에서 술장사를 했다, 그니가

젓가락 장단을 두드리며 −운다고 옛사랑이 오리오마는~
십팔번을 멋지게 불러 젖히면 그 애는 문 뒤에 숨어
주먹으로 눈물을 훔쳤다, 거기는 예쁜 아가씨들도 많았다
그 집이 술 취한 손님들로 왁자할 때 우리는 강둑에 앉아
별을 헤아리곤 했다, 합창단이었던 둘이는 곧잘
'매기의 추억'이나 '켄터키 옛집'에 화음을 맞췄다
그럴 때면 약속인양 눈빛을 주고받거나 마주보고 웃곤 했는데

그 후 그 애는 나를 본체만체 지나쳤다, 열세 살 초가을
감기인 듯 학질인 듯, 나는 병명도 모를 신열에 몸져눕고 말았다

마포 8

동춘서커스가 들어왔다, 단원들이 악단을 이끌고 동네방네
돌아다녔다, 북 치고 장구 치고 나팔 불고… 아이들은
행렬의 꽁무니를 졸졸 따라다녔다, 동네 개들도 술렁거렸다
흰 광목천으로 빙 둘러친 커다란 원형극장은 딴세상 같았다

거기 트럼펫이 있었다, 젤소미나를 들려주던
길 위의 청춘이 있었다 단발머리가 책가방을 든 채
가설극장 주변을 맴돌았다 - 들어올래?
눈빛 맑은 청년이 휘장을 걷고 손짓했다
대낮에 보는 가설무대는 쓸쓸했다, 어제 밤 날아다니던
요정들이 다 사라진 높은 천정에는
기다란 공중그네들이 아무렇게나 묶여있었다
그는 주섬주섬 악기를 정리했다 - 저어 젤소미나…
소녀가 머뭇거리자 -으응 그거, 그가 얼른 받았다
-어제가 첫 무대였지, 괜찮았어? 단발머리가 끄덕였다
-여기 앉아 봐, 소녀를 바라보며 그는 트럼펫을 불었다

둘이는 철길을 걸었다, 공연시간이 가까워지자
서로 맞잡은 손에 힘을 주었다, 그때였다
누군가 덥석, 그의 멱살을 잡았다 - 딴따라 주제에

순간 그가 몸을 날렸다, 눈 깜짝할 새 덩치가 나가떨어지고
—뛰어! 그가 소리쳤다, 둘이는 힘껏 내달렸다
멀리 천막극장이 보이자 그는 슬며시 소녀의 손을 놓았다

—너였구나, 출입구에서 서성이는 단발머리에게
쪽지를 건네주며 난쟁이 아저씨가 윙크를 날렸다
소녀는 쪽지를 구겨쥐고 어제처럼 철길을 달렸다
강물이 보일 때까지 달렸다, 눈물을 훔치며 달렸다

마포 9

강 가운데 섬이 있었다, 밤톨만한 그 섬에 젊은 어부가 살았다
엊그제 딸을 낳은 어부의 아내, 열여덟 살 달래가 살았다

억수장마에 천둥번개가 으르렁대는 한여름이었다
소용돌이치는 한강물에 돼지가 꽥꽥 떠내려갔다
참외와 수박이, 뼈만 남은 지붕이, 지붕 위 닭들이
떠내려갔다, 송아지도 사람도 떠내려갔다
남아있는 이들은 퉁퉁 불은 나무토막인양 먹먹했다
어부의 배는 자갈채취선 스크루에 가랑잎처럼 말려들었다
그 배의 주인을 본 사람은 아무도 없었다

달래는 남의 말을 잘 믿지 않는 버릇이 있었다
펄펄 살아서 솥뚜껑을 들썩이는 잉어 같은 그 여자는,
초가 마당 해바라기 울타리처럼 활활 타오르던 그 여자는
제 눈으로 보지 않은 것은 어떤 것도 믿지 않았다

두어해 하염없이 강변을 서성이던 그녀
꼽추 어미에게 아이를 맡기고 강을 건넌 후 소식이 끊겼다

부군당 도당굿날 누가 부른 것처럼 달래가 돌아왔다

신들린 듯 굿마당에서 춤을 추고 강물을 보고 히죽거렸다
이웃들은 그녀의 웃음에 혀를 찼다, 미친년
아이들은 돌을 던지고 개들은 꼬리를 흔들었다
꼬리에 꼬리를 물고 개 같은 소문이 컹컹 동네를 휘저었다

어부의 아내가 살던 집 앞에 주저앉은 여자는 만삭이었다

마포 10

태양이 검게 타들어갔다, 달이 붉게 물들었다
눈먼 스라소니처럼 웅크렸던 제금소리가 발작인 듯
소스라쳤다 하얀 서리화가 핀 굿청, 언월도가 번쩍였다

너나없이 가난이 부스럼처럼 만발하던 시절
아이들은 예의바르고 어른들은 정직했다
착한 아비들은 무능했고 아해들은 소꿉장난인 척
뒷동산 흙을 파먹었다, 감자를 삶다 맨발로 달아난
바우네 큰누이는 기지촌 미친개에게 물려 죽었다
열일곱 살 딸의 시신을 끌안고 실신한 어미는 그날부터
베개를 들쳐 업고 실성실성 아래 윗마을로 쏘다녔다

당골네 굿판에 온 동네가 들썩였다
시루떡을 얻어들고 히죽거리던 삼대독자 바우는,
밤새도록 신이 나서 안팎으로 드나들던 내 동무는
다음날 샛강 방죽에서 졸다 물에 빠져 죽었다

낯선 행성을 전전하며 나는 살아남았다
돌아와 보니 거기, 울울창창 아파트 숲이 도도하다
내 이름을 기억하는 이들은 아무도 없었다 그나마

마을에서 치성 드리던 당산나무를 찾았는데…

바우 아부지가 목을 맨 줄기에는 잔가지가 무성했다
신줏돌 자리에는 수령 250년
'보호수'라 쓴 번듯한 빗돌이 떠억 버티고 있었다

마포, 그후

사창고개 넘어 도화동에는 경보극장이 있었다
갈래머리를 풀어헤친 또래들은 동시상영 영화를 보며 울고
웃었다. 극장 안에서는 어린 소년들이 좌석 사이를 누비며
오징어 땅콩을 팔았다. 그 고소 구수한 냄새에 주책없이
침이 고였지만 자제력을 키우기에는 참 좋은 환경이었다

온종일 서부의 이름 모를 황야를 누비던 청춘들이
취한 듯 거리로 쏟아지면 현기증에 서로 엉키기도 했는데
불쑥, 쪽지를 내밀던 친구의 사촌오빠가 있었다
웃을 때 고른 치열이 눈부셨다. 리바이스 청바지를 입은
흰 셔츠에 일류대 뺏지가 반짝이는 그와 세검정 맑은 물에
나란히 맨발을 담그던 날 소녀는 밤새도록 뒤척였다

첫 키스의 기억을 화인처럼 남기고 둘은 멀어졌다
그는 헤겔이나 마르크스에 사로 잡혔고 소녀는
형이상학이나 변증법적 사고를 외계어로 접수했다
다툼 한번 없었지만 이별은 동시에 당연했다. 소녀는
순수와 사랑을 신뢰했고 그는 권력과 황금을 신앙했다

마포를 떠나도 마포에 살던 미니스커트 아가씨는

어느덧 겉과 속이 다른 진공포장 통조림 같은 사바娑婆에
착하게 길들어갔다 검정 비닐봉투에 들어있는
냄새나는 정치나 책갈피에 은둔하는 늙은 철학보다는
원터치로 가볍게 열리는 속물주의를 선호하게 되었다

헤겔보다 엘비스 프레슬리에 열광하고
형이상학보다 유행가 가사에 심취하던 그 여자는

시가 되는 저녁

청소를 시작합니다, 로봇청소기가 말하네
맛있는 밥을 시작합니다, 밥솥이 말하네
세월이 점점 가라앉고 있습니다, TV가 말하네
나도 점점 목젖이 가라앉네, 도저히 말이 안 되는 저녁

말이 안 되면 시가 된다고 누군가 말했네, 그럼 오늘은
시 판이네, 뭐? 시팔이라고? 가는귀를 먹었는지
그가 큰소리네 오냐, 시 판이고 시팔이고 욕설처럼 살아보자
꾸역꾸역 밥을 먹네 찌개가 너무 짜잖아 그가 왈칵
맹물을 붓네 나 물 먹었네, 수학여행 아해들도
너무 짜게 먹었는지 물속에서 나오질 않네, 저대로
세월을 초월하는 건 아닌지 몰라, 한쪽 귀퉁이마저
점점 가라앉는 배를 보며 그가 초를 치네
나는 그만 입안이 시고 떫어 숟가락을 내려놓네

충전이 필요합니다, 마미탱고로봇 청소기가 눈이 빨개서
서두르네 삐리리, 바퀴를점검해주세요 탱고가SOS를치네
삐리삐리삐리릭숨넘어가네옴짝달싹못하네
얼른 쫓아가 청소기를 확, 뒤집네 아아 뒤집힌 세월,
처럼 배가 드러난 로봇, 전깃줄에 발목이 감겼네 삐이이…

>
기어이 방전된 탱고는 이제 잠잠한데 사람들은
조각조각 조각난 심장을 뜯어 벽에 붙이기 시작했네
노랑심장 파랑심장 찢어진 심장 나란히
우산을 잃은 아해들이 학교 길에 나란히
노란 리본으로 돌아오네, 흰 국화로 돌아오네, 저 저

충전을 시작합니다
마미는 충혈된 눈을 자꾸만 껌뻑이네

4부

로드무비 1

나는 한때 천산산맥을 남나들던 튼실한 야크였다
등과 엉덩이, 이마에 흰털이 얼룩진 것은 아비 탓이다
아비는 들소였다, 그는 야생에서 무리의 우두머리였다고 한다
어느 날 가축우리를 부수고 사라진 그를 어미는 그리워했다
아비가 내게 남긴 것은 '점박이'라는 이름 아닌 이름뿐이다

실크로드 행군 사흘째, 남보라색 야생화가 흐드러진
어느 분지에 닿았다 등짐을 푼 사람들은 수유차를 끓이고
우리는 목을 축였다, 나는 검붉은 털을 휘날리며 풀을 뜯었다
기분이 좋았다, 그때 양쪽으로 멋지게 휘어진 커다란 뿔을 인
그가 다가왔다 낙타처럼 툭 튀어오른 등이 듬직해 보였다 그는
멋쩍은 듯 들꽃에 콧등을 비벼댔다 그의 동공에 고인
고독을 보았던가, 내 가슴이 우련했다, 우리는 그렇게 만났다

우리의 아들은 건강했다, 먹성도 좋고 성장도 빨랐다
이따금 방울소리를 내며 어미 곁을 맴돌기는 했으나
어느새 작은 보따리 두어 개쯤은 거뜬히 싣고 다닐 만했다
동행들의 사랑을 독차지하는 그 애가 나는 자랑스러웠다

꿈자리가 뒤숭숭하던 날이었다, 천 길 낭떠러지 위를 걸었다

등짐이 자꾸 한쪽으로 쏠렸다 멈칫, 발을 내디딜 때마다
작은 돌들이 흘러내렸다 조심해, 뒤돌아보는 순간,
엄마아~ 외마디 비명과 함께 아이가 절벽 아래로 굴렀다
나는 털썩 무릎을 꿇었다
내 고삐를 틀어쥔 이들이 맹수처럼 소리를 질러댔다
미친 듯 회초리를 휘두르며 비틀거리는 나를 몰아붙였다

눈앞에서 자식을 잃고 땀에 눈물에 범벅이 된 내게서 사람들은
젖을 짜냈다. 나는 발톱이 갈라져 피가 났으나
몸보다 마음이 더 아팠다, 죽고 싶었다, 그러나 방법을 몰랐다

악몽은 나를 바위보다 강하게 만들었다, 사실 두려운 것은
절벽이 아니라 짐승으로 살아가는 일이었다
짐이 점점 더 무거워졌다, 길이 험해졌다, 기쁘게도
죽음이 가까워질수록 알 수 없는 희망이 나를 채찍질했다

설산 너머 샴발라가 보이는 고갯길에서 나, 점박이가 무너졌다
반평생 동고동락한 짐꾼을 잃고 시름에 빠진 불쌍한 주인에게
이제야 나는 즐겁게 고기와 가죽을 선물할 수 있겠다

로드무비 2

조지아 메스티아 가는 길로 들어서니 궂은비가
오락가락한다 좁은 비포장도로가 병풍 같은 암벽을 끼고
구절양장이다 발가락에 힘을 주고 아슬아슬 굽어보는 계곡,
곧 비상할 듯 용틀임하는 설산의 눈물이 은빛 비늘을 턴다
눈 덮인 코카서스산맥 양치기 오두막에서 디디 마들로바*
숯불에 생고기를 굽던 그날이 오버랩되고

잠시 비가 그친 사이 소들을 몰고 가는 사내를 만난다
나는 전생에 그랬던 것처럼 활짝 웃으며 인사를 건넨다
들꽃이 한창이네요, 저 하얀 꽃 이름이 뭐죠? 먹구름 사이로
만년설이 쌓인 늙은 산의 이마를 비추는 햇살이 눈부시다

건너편 설산 아래 살구술이 익어가는 마을이 보인다
보슬비가 내리는지 자오록한 는개에 취한 집들이 나타났다
사라진다, 유월 푸른 언덕에는 가축들이 풀을 뜯고

스바네티에서 4륜구동차를 갈아탄다, 울퉁불퉁 덜컹덜컹
네 시간여 길 아닌 길을 간다, 우직한 사내를 닮은 코쉬키가
집집마다 탑처럼 우뚝한 우쉬굴리,
지붕에는 이끼 낀 돌조각들이 잉어비늘처럼 덮여있다

집과 집 사이를 누비는 눈물 같은 길에는
소똥과 눈석임물이 범벅이 되어 발목을 잡는다

하늘이 손에 닿을 듯한 동네 정수리에는
마리아 사원이 있다 돌담장을 클로즈업하면 별무리처럼
희고 작은 꽃들이 미사포인양 하늘거린다

가루가 가라앉는 속도에 맞춰 터키식 커피를 천천히 마신다
페이드 아웃되는 입술과 손의 실루엣,

* 조지아 감사인사.

율도국에 갈 때는 상비약이나 보험을 챙기세요

흰 눈에 덮인 절집이 한 폭 수묵화라는 거야

그래도 나는 가지 말아야지, 눈 쌓인 정상에 서면
신의 숨소리가 들린다는 국사봉에도 가지 말아야지
무릉에도 도원에도 정말 가지 말아야지
두어 달 동고동락 정든 감기가 죽어도 가자, 앞장서도
그리운 선운사에는 제발 가지 말아야지

현기증 걸린 새들이 귓불에 매달려 우는
몸살 난 송사리들이 실핏줄 타고 역류하는
불면조차 꽃이 피어 어둠의 가지가 흰다는 나라
영원이 산다는 율도국으로 나 떠나야지

이름 따위 샴발라에 두고
눈처럼 하얀 소를 타고 가야지,
천동설보다 더 늙은 그는 길을 잃지 않을거야
뚜벅뚜벅 쉬지 않고 먹지 않고 산 넘고 물 건너야지
어디로 가는지, 언제 돌아올지 아무것도 묻지 않고
두 눈 딱 감고 가볍게 흔들려야지 그러다 아차,
상비약이나 보험을 챙길걸, 후회하게 될지도 몰라

어깻죽지에 투명한 날개가 움트는 것도 모르면서

꽃멀미

행운목이 꽃을 피웠다

이삿짐 트럭이 버리고 간 깨진 화분 속에서
다 삭은 뿌리를 하늘로 쳐들고 있던 그대
꽃이었구나, 이녁이었구나!

긴가민가 꽃 순에서부터 날마다 꽃대를 밀어 올리더니
두 旬이 지나자 꿀이 뚝뚝 흐르더니 드디어 오늘
희고 작은 꽃무더기들이 조잘조잘 온 집안을 휘젓는다
하여 이 몸이 함부로 향기에 취해 어지러웠느니

고구려 무희와 청룡을 타고 야반도주 했었더냐 그대
천마총 백마를 몰고 신의 사냥터를 누볐더냐 그대
구백 살 바람이 아들을 낳고 그 아들이 딸을 낳는 동안
소식 한 자 없는 이녁을 기다리던 나는
꽉 잠긴 그대 문 앞을 오래 서성였노라
부치지 못한 편지를 불살라 강물에 띄웠노라

행운이 만개했어요 여기저기 자랑도 하고
로또를 사야지, 왠지 좋은 일이 있을 것 같아 들뜨는데

내게는 행운이 적성에 맞지 않는걸까,
넘치는 꽃내에 질식할 것 같다, 두통이다
입덧이다 아흐, 꽃멀미다

무릉도원행

무릉도원이라구요?
주소를 알려주시겠어요, 한 번도 가 본적 없거든요
내가 길치라서 지도를 보고도 헤맨다니까요
복사꽃이 한창이라니 얼마나 아름다울까

꽃이 지면 어쩌나 걱정을 하다가
너무 멀어 한 백년쯤 걸릴지 몰라 갸웃대다가
어떤 옷을 입고 갈까 몸살 하다가
감기 핑계로 다음에 간다 할 걸 후회도 하다가
가는 김에 서왕모*의 복숭아나 훔쳐 먹을까 킬킬대다가
백년 만에 만나는 그와 무슨 말을 할까 밤새 뒤척이다가

가도 가도 무릉역은 나오지 않는데요, 저기요
무릉역 지났나요? 반대방향으로 가는 차를 탔다구요
그럼 지금껏 온 길을 다시 돌아가야겠네요 에휴~
무지개육교 넘어 반대편 플랫폼에서 차를 갈아타라구요
거기 급행은 서지 않는다구요, 할 수 없죠 뭐

좀 늦을 거 같아요, 애당초 택시를 탔으면 좋았을 걸
한평생 헤맸더니 다리도 풀리고 배도 고프네요

그렇지만 이제 무릉도원이 코앞이라는데 뭐…

* 『산해경』에 전해지는 반인반수의 神人.

앙카라 강가에서

혀가 잘린 듯 침묵하는 동토의 강가에 서 있다
영하 34도, 겹겹이 무장한 일행들은 두 눈만 빠끔하다
선 채로 속눈썹까지 하얗게 성에꽃이 피었다
피도 눈물도 카메라도 얼어붙는 혹한이 지배하는 땅
메밀꽃 흐드러진 들판처럼 눈보라가 아우성이다

세상을 한 입에 삼켜버리는 눈가루바람
무기를 버린 늙은 낙오병처럼 사진을 포기한 나는
오직 생존에 매달린다, 다만 살아서 돌아가게 하소서

의식의 무의식을 건너오는 눈먼 태양 아래
푸른 용이 허연 입김을 내뿜는다
…… 모든 것이 흐릿하다
그 누가 첩첩 안개바다에 낚싯줄을 드리우고
삼천년 묵은 이무기를 낚는가, 침묵이 흐르는 강

눈앞이 캄캄할 때 문득 환해지는 것들도 있다
어느 집에서는 놋쇠 주전자에 차가 끓고 있으리라

안개장막을 뚫고 깨진 물의 심장처럼 流氷 덩어리가 흘러간다
강과 강 사이 작은집들이 전생인양 나타났다 사라진다

투루판* 가는 길

그때 나는 이국의 아낙에게 구운 감자를 사먹고 있었지
붉은 목단이 수놓인 두건을 머리에 두른 그녀의
건너편 나무 그늘에서 검붉은 말이 꼬리를 휘둘러
파리를 쫓고 있었어 한쪽 눈을 가린 그는
천산산맥 남쪽기슭 타림분지 누란왕국 출신이라 했다

오아시스가 만든 그 나라에는 사람의 얼굴에 익룡의 날개
표범의 발톱을 가진 영물이 살고 있다 전해지는데
안개 같은 지느러미로 허공을 나는 물고기라 하기도 하고
모래바람처럼 갈기를 휘날리는 맹수라 하는 이들도 있고
그것이 가릉빈가라거나 혹은 염라국 왕자라는 풍문도 돌았지

한 삼년 지나 그를 다시 만난 건 우연이었어, 그때 나는
무쇠심장 당나귀를 타고 사막으로 신을 사러 가는 길이었거든
망원렌즈에 비친 왼쪽 눈만 보고도 단박 그를 알아봤다니까
비록 늙고 야위었으나 비루해 보이지는 않았지
자잘한 풀들이 융단처럼 깔린 백양나무숲은 그와 잘 어울렸어

오늘, 한동안 잊고 살던 그를 JPG 화면으로 불러냈다
백양나무 그늘에서 하염없이 먼 산을 바라보는 이,

오 맙소사, 그의 두 앞발이 끈 하나에 묶여 있는 걸 보고 말았지
발과 발 사이의 거리는 한 뼘 남짓, 그는 그렇게
앞발을 모으고 얼마나 오랫동안 거기 서 있었던 걸까,

* 톈산산맥 실크로드를 잇는 사막 속의 분지로 오아시스 도시이다.

몸살감기를 모시고

고요히 소파에 눕는다
머리맡에서 자지러지는 햇살이 잔인하다, 황홀하다

내가 신열에 갇혀 적막이 만발할 때 문득 돌아보니
거기 네가 서 있었다 다시 눈을 감으니 사막이다
모래먼지가 회오리치는 신들의 땅을 지나
남대문 근처 버스정거장이다, 끝도 없이 갈라지는
두 갈래 길이 있는 거기, 첫차를 타고와 막 내리자
흩어지는 모래알 속에서 스무 살 청춘이 불쑥 다가섰다
― 나 내일 군대 가
하얀 입김 속에서 그가 웃었다

신세계 건너 중앙우체국 지나 인샬라,
명동성당을 지나 삼일로를 건너 역광의 태양을
꽃다발처럼 안고 둘이는 걸었다 빌딩에 반사되는
햇빛 알갱이들이 눈부셔 나도 모르게 눈물이 흘렀던가,
충무로에서 다시 신세계로
같은 길을 몇 번이나 오갔는지
손을 꼭 잡은 우리는 초겨울 도심을 마냥 걸었다
첫, 사랑이었다

>

햇살이 지나간 자리 베개가 흥건하다

두통이 눈을 뜨자 모래바람소리가 귓불에 후끈하다

새는 사라지고 하늘은 텅 비었고

철새도래지를 흐르는 개천은 비자도 없이 밀입국한 툰드라 출신 고니 가족이 접수했다 잿빛 털이 남아있는 어린것들은 덜 여문 부리로 물속을 더듬느라 분주한데 난데없이 날아든 청둥오리 떼가 쫓기는 난민들처럼 물속으로 뛰어든다 현장은 삽시간에 아수라장이다 개울은 금세 난입자들로 뒤덮인다 그러나 고니는 기다란 모가지를 갸웃갸웃, 그들과 뒤섞여 유유자적이다 한 무리 새떼가 일렬횡대 노을 속으로 날아간다 재빨리 카메라를 다시 셋팅하고 패닝샷으로 쫓는다

새를 기다릴 때는 나무를 닮으라 했던가, 죽은 이의 책을 읽듯 초겨울 숲을 천천히 숙독한다 캄브리아기를 건너 상전벽해를 달려온 숲은 빛바랜 옷을 벗으며 잠시 숨을 고르는 중이다, 아무르 강가에 어미를 묻고 왔는지 이따금 두루미들이 울며 날아간다 나는 저 숲속의 고라니의 누룩뱀의 딱정벌레의 거미의 꽃의 안부를 헤아리다 설핏 졸았던가, 둘러보니 안개 자오록한 숲속

양잿물을 삼키고 피를 토하던 귀남이 누이가 따라온다 전나무에 목을 맨 재당숙네 첩실이 따라온다 열길 우물에 빠져죽은 바우엄마가 따라온다 그들은 독수리보다 더 큰 날개를 퍼덕이고 나는 죽어라 달아나도 제자리인데 칡넝쿨에 발목이 틱, 걸렸는데

\>

－ 쉿,

－ 온다온다 저기 온다 왼쪽이다

드드드드… 고속연사로 쏘아대는 셔터소리에

벌떡 일어서니 새는 사라지고 하늘은 텅 비었고…

거기 벽이 있소

그 벽을 뚫으려다 등허리가 휜 못이 하나 있소
빼도 박도 못할 자세로 독사처럼 대가리를 쳐들고 있는 나는
그녀가 방문을 열 때마다 문 뒤로 몸을 숨기오
내게 빌붙어 사는 껍데기들 때문이오, 기다란 머플러에
낡은 숄더백에 목을 매단 패딩점퍼에 그 안에 줄무늬 셔츠에
그 안에 탈취제 같은 적막, 적막 같은 손톱,
손톱 같은 하현달, 그 달을 삼킨 검은 바다

잠 못 드는 그 바다에 그녀가 들락날락, 풍랑이 이는 날은
문과 벽 사이 캄캄한 파도 속에서 나는 안절부절이오
나는 절대 무사하지 않은 채 십여년을 버텼소
한때는 내게 괴발개발 시 같은 거 몇 줄 갈겨쓴 흰 종이가
꽂힌 적도 있었소, 붉은 장미가 거꾸로 매달린 적도 있었소

나는 알고 있소 그녀 가슴에 못을 뺀 흉터가 남아있다는 걸
이따금 상처가 덧날 때면 그이는 지그시 눈을 감고
기타를 퉁기오 그럴 때 나는 문득 벽 속에서 녹슬어가는
나의 감정을 보여주고 싶소, 그녀의 노래를 내게 걸어두고 싶소

사막에서 그녀가 돌아왔소, 양모로 짠 벽걸이를 사왔소
거기 한 마리 낙타가 타클라마칸의 모래 위를 마냥 걷고 있소
과연 나는 저 낙타를 타고 이곳을 벗어날 수 있을까?

서쪽으로, 서쪽으로

서쪽으로 사흘쯤 달려가면 거기 누가 있을까,
영혼조차 허공에 놓아먹이는 바람처럼
물건이든 생각이든 무거운 것들은 다 두고 가야지

거기, 어둠으로 닦아낸 별빛에 눈이 시린 땅
찰각, 착각, 명랑한 카메라가 묻겠지, 우리 여기 살래?

나는 묵묵부답으로 하늘을 오래 읽어야지
본디 꿈이나 사랑처럼 쉽게 왜곡되는 것들은
노출차를 극복하기 까다로운 피사체니까

서쪽으로 서쪽으로
사흘을 더 달려가면 적막도 지쳐 눈을 감지 않을까,

죽어도 썩지 않는 그리움이 오블라디 오블라다
낚싯대를 드리우고 랄라, 나무 물고기 바위 물고기
사막 물고기 동굴 물고기를 낚아 올리는 곳, 랄랄라
오블라디 오블라다 치매를 따라가 돌아올 줄 모르는
울어메가 사는 나라, 거기가 거기일까?

겨울물총새

잠깐 한눈파는 사이 다 떠나고 혼자 남았습니다
하늘은 얼어붙고 눈은 쌓이고 점점 추워지는데
도굴 당한 무덤처럼 텅 빈 어둠처럼 막막한 이 몸,
살면서 저지른 죄를 헤아려보기 좋은 시간입니다

지난시절은 꿈결 같았습니다
페이지를 넘길 때마다 피라미들이 튀어 올라
나는 아무 걱정 없이 해시시 같은 사랑에 취했었지요
이제 너무 늦었나요, 나뭇가지마다 하얀 추억이 소복한데
지나온 길도 돌아 갈 길도 눈보라, 눈보라 속입니다

冬眠에 든 산과 들을 바라봅니다
기침이 쏟아집니다 분리된 듯 뇌가 흔들립니다
십자가 한번 져본 적 없는 등골이 지끈지끈 쑤시는데요
시나 음악, 그림 같은 것들에 무릎 꿇던 뼈마디가
자꾸 욱신대는데요, 이렇게 앓다보면 이 계절도 지나갈까요?

눈발이 나방 떼처럼 너울너울 날아듭니다
아아 이 미친 허기,
날개가 얼어붙을 때까지 부리가 부서질 때까지
살얼음 낀 냇물에 벼락같이 머리를 처박을
아아 이 끔찍한 희망,

토요일

토요일은 왕년에 복서였음
어퍼컷 한 방에 링 위에서 기절했음
눈을 뜨니 월요일이 지나고 이십대가 지나고…
글러브를 난지도에 내다버렸음, 화요일의 일이었음

수요일, 생머리 여우가 노크했음 빛바랜 챔프가 펄럭,
옥탑방 문을 열었음 그녀가 아홉 개나 되는 꼬리를 흔들자
토끼가 태어나고 경주마 닮은 쌍둥이가 태어나고
햇살 화사한 날이면 랄라, 다섯 식구가 동물원으로
새 차를 몰고 동족을 만나러 갔음 까르르 목마를 탔음
목요일, 그는 드디어 마이홈 왕국의 챔피언에 등극했음

달나라로 유학 간 토끼가 크리스마스카드를 보내왔음
황금빛 카드에서 반짝이는 별만큼 달러를 송금했음
벌써 금요일이네, 한쪽 어깨가 욱신거리는 그
망아지 같은 쌍둥이는 생일에 노트북을 사달라는데
웰터급이 된 여우는 결혼기념일에 악어를 사달라는데

그는 끊었던 담배를 물고 서성이다 여우에게 들켰음
ㅡ요양원으로 보낼 거야!

번개 같이 꽂히는 스트레이트 펀치에 휘청,
코너에 몰리는 토요일, 녹다운 위기를 간신히 넘겼음

내일은 일요일, 강아지하고 놀까, TV하고 놀까?
자는 듯 죽은 듯 죽은 듯 자는 듯
링 밖에서 혼자 중얼거리는 토요일,
놀빛이 유난히 붉은 토요일

보르헤스 식으로

나는 지구 밖에서 왔다. 눈 뜨고도 꿈을 볼 수 있으며 빗줄기에서 신의 긴 문장을 읽어낼 수도 있다. 당신은 믿지 않겠지만 나는 한때 지금은 몰락한 명왕성의 무사였다. 근친혼으로 지켜낸 순정한 제왕의 피는 쉽게 끓어 넘치거나 너무 차가운 게 흠이었다. 한번은 토성에서 탄소포인트제를 협상하고자 보낸 후작을 이교도라는 이유로 십자가에 매달아 불태운 사건이 있었다. 그때는 지구인의 화성 침공계략이 백일하에 드러났으므로 우주연맹은 비상시국이었다. 우주개발에 열광하는 지구인들의 명단을 확보하라는 첩보임무를 띠고 나는 그 별을 떠나왔다. 그날 실연으로 목을 맨 한 동료는 유성을 타고 나보다 먼저 이 땅에 도착해 있었다. 포보스 외신을 사칭하는 자들은 테베의 무녀가 그 사내의 변심한 애인이라고 함부로 떠들었다. 사실 아름다운 그녀가 페니키아 문자로 점을 치거나 종려나무 잎을 흔들며 춤을 추면 남자들은 접신된 듯 사랑에 빠져들었으니… 나 또한 예외가 아니었다. 그녀는 죽지 않고 나는 늙지 않는 형벌을 살고 있는 중이었다. 그녀의 잠은 항아리 속에 있었으므로 나의 노숙은 차라리 행복으로 충만했다. 항아리를 끌어안고 잠든 나를 누군가 발로 툭툭 찼다. 간신히 눈을 비비고 올려다보니 보르헤스가 햇살을 등지고 서 있었다. 그는 틀뢴이라는 혹성으로 탈출해 비밀결사대를 조직하자고 속삭였다. 싫소, 단칼에 자르고 돌아눕는

나에게 그는 한심하다는 듯 혀를 차며 "이건 텅 빈 거야, 아무것
도 아니라구" 항아리를 냅다 발로 차 굴려버렸다. 이 미친 노인
네가! 나는 벌떡 일어났다.

　얼굴을 덮은 책이 왈칵 소파 밑으로 쏟아진다. 으르렁 덜컹 베
란다 밖에는 우주괴물 같은 사다리가 2424 모가지를 길게 빼고
하늘을 향해 포효하고 있다. 그래, 드디어 오늘 야심만만 저 동
지들이 틀뢴에 무혈 입성하겠다, 만세!

'그때−거기'를 위한 노래, 혹은 새로운 현실로서의 신화적 세계

황치복 문학평론가

'그때-거기'를 위한 노래,
혹은 새로운 현실로서의 신화적 세계

황치복 문학평론가

1. 과거의 시간, 혹은 '그때-거기'

　2010년 《동아일보》 신춘문예로 등단한 박해성 시인은 그동안『비빔밥에 관한 미시적 계보』,『루머처럼 유머처럼』,『판타지아, 발해』등의 시집을 상재한 바 있다. 모두 매력적인 시집들이지만, 특히『판타지아, 발해』는 인류학적, 혹은 고고학적 상상력을 통해서 '발해'라는 상징의 숲을 구축한 뛰어난 시집으로 기억할 만했다. 그리고 우리 앞에『우주로 가는 포차』라는 매력적인 시집이 눈앞에 있다. 이 아름답고 매혹적인 시집을 해설하는 작업은 결코 쉽지 않다. 한편 한편이 시적 완성도와 개성이란 측면에서 모두 매력적인 작품성을 지니고 있을 뿐만 아니라 기발하고 그윽한 상상력의 향연들이 그것에 대해 설명하고 싶고, 그것들의 의미와 가치를 짚어내고 있는 욕망을 자극하여 너무 많은 생각들로 들끓게 하기 때문이다. 그래서 되도록 간략히 서술하면서 항목을 많이 설정해서 박해성 시인의 이번 시집이 지닌 매력을 입체적으로 포착해 보고자 한다.

박해성 시인의 이번 시집을 추동하는 가장 강력한 기제는 지금, 여기에서 벗어나 그때, 거기, 혹은 미증유의 비현실적 현실을 향해 나아가고자 하는 낭만주의적 열정이다. 시인이 이러한 낭만주의적 열정에 함몰된 것은 물론 지금, 여기의 현실이 더 이상 아름답지도 않고, 가치를 지니고 있지도 않기 때문이다. '세상이란 더러워 버리는 것'이라는 저 백석 시인의 명제가 여기에서도 작동하고 있지만, 그런 명제에서 박해성 시인이 갈라지는 지점은 현실을 도피해서 산골에 숨고자 하는 것이 아니라 더 이상 아름답지도 않고 의미도 없는 현실을 아름다운 것으로, 그리고 가치 있는 것으로 빛을 발하게 할 그때, 거기의 세계, 혹은 환상의 세계를 가져와서 현실을 정화하고자 하는 욕망을 지니고 있다는 점이다. 그러니까 더 이상 아름답지도 신비롭지도 않은 권태로운 현실에 생동감을 부여하여 반짝이게 하고, 반복되는 지루한 일상에 균열과 간극을 만들어 모험적이고 도전적인 현실을 인위적으로 생성하기 위해서 시인은 다양한 시적 전략을 구사하고 있는 것이다.

　그 시적 전략의 주요 항목으로는 현실에서 잠깐 일탈하여 백일몽을 꾸는 것처럼 과거의 시간을 회상하여 현실에 덧칠하기, 사이버 공간으로 현실을 대체하기, 카메라 렌즈로 현실의 특정 국면을 포착하여 순간적 현실을 고정하기(카메라로 포착된 현실 속에서는 시간이 흐르지 않는다), 극지, 혹은 극한의 공간으로 탈출하여 그것으로 비루한 현실을 대체하기, 마지막으로 신화적 사건들을 현실에 착종시켜 현실을 신화적 공간으로 변형시키기 등의 시적 전략을 지적할 수 있겠다. 이러한 작업들은 모두 현실과 환상, 혹은 현실과 신화, 현실과 가공현실, 현실과 비현실적인 공간을 결합함으로써 따분하고 지루한 현실에 놀라운 생동감을 부여하기 위한 목적에 복무한다. 이러한 작업들은 현실을 무화시키거나 현실에서 도피하는 것이 아니라 현실에 가상을 덧씌움으로써 새로운 현실을 창출하고 있다고 해야 한다. 일탈적 가상과 혼융된 현실은 새로운 가치와 의미를 지닌 또 다른 현실로서 시적 주체에게 놀라움과 생동감이라는 정동을 생성해주고 있기 때문이다. 시인의 시적 전략에 대해서 하나하나 살펴볼 것이지만, 우선 과거의 시간으로 일탈하여 현실에 균열을 내고, 그것을 현실에 덧씌움으로써 새로운 현실을 창출하는 몽상과 백일몽의 전략부터 살펴보자.

> 가방 위에 그려진 소녀가 윙크를 한다
> 한손으로 하늘 높이 흔들고 있는 핑크색 모자 위로는
> 파란 글자들이 곡선을 그리며 날아간다 'I am a girl'
>
> 나는 핑크모자가 없어 저 하늘을 날아 본 적 없는 걸
> 엄마야 누나야 강남 살자 졸라 본 적도 없는 걸
> 뱅뱅 우물 안에서 허우적대다가 솔잎이나 갉아 먹다가
> 불휘 기픈 나무 그늘 애국가를 4절까지 외우던 걸
> 어미의 머리채를 잡고 북처럼 두드리는 아비 앞에
> 언젠가는 면도날을 씹어 뱉으리라 벼르던 걸,
> 폼 나게 풍선껌을 부풀리며 야반도주를 꿈꾸던 걸

이번 정거장에서 가방은 내렸다, 흔들리는 시내버스 안
차창에 비친 산전수전이 불쑥 묻는다 - Are you a girl?
느닷없는 질문에 쩔쩔매는 걸 - I'm fine, and you?
우문우답이 무안해 시간의 뒷골목으로 달아나는 걸,

네 생일인데… 얘야 도시락에 달걀프라이를 싸줄까,
씨암탉으로 키워서 참외밭을 사자구요, 없는 건 많고
있는 건 없는 열일곱 살이 잘근잘근 손톱을 깨문다
달걀프라이만한 달이 뜬 하늘 아래 사춘기가 훌쩍인다

스톱 스토오옵 내려요, 창가에 달린 빨간 벨을 꾸욱 누른다
울컥, 버스가 선다 하마터면 한 정거장 더 갈 뻔한 걸,
—「I am a girl」전문

　시집을 펼치면 나타나는 첫 작품으로 이 시집의 방향성과 특
성을 함축적으로 보여주고 있다. 시적 구도는 매우 단순해서 시
내버스를 타고 목적지까지 가는 도중에 가방에 그려진 소녀의
윙크하는 모습을 보고, 소녀시절이었던 자신의 사춘기를 회상
하는 구도이다. 물론 그 사춘기 시절이란 풍족하거나 행복한 것
은 아니었다. 빈곤과 결핍에 허덕이고, 소외와 폭력이 난무하는
곳에서 일탈과 엑소더스를 꿈꾸던 시절, 그 아득하고 아련한 추
억 속으로 빠져드는 것이다. 이처럼 갑자기 현실을 벗어나 소녀
시절을 꿈꾸던 시적 주체는 산전수전을 다 겪은 자신이 뜬금없
이 사춘기 시절을 회상하는 모습이 엉뚱하고 유치하게 보이는

자의식을 느끼기도 한다. 하지만 그 결핍과 소외, 부조리로 가득 찼던 유년의 시절은 매우 끈질기게 시적 주체의 상념을 붙들고 놓아주지 않는데, 그리하여 그녀는 버스 정거장을 지나칠 듯한 위기를 겪기도 한다.

과거의 사건들을 회상하는 기제로서 반복되는 '걸'이라는 음운이 중요한 역할을 한다. '걸'이라는 기표는 걸girl을 의미하면서 사춘기 시절의 유년시절로 돌아가게 하는 역할을 하기도 하지만, '~했던 것을'의 준말로서 과거의 특정한 사건들을 환기하는 효과를 발휘하고 있기도 하다. 그리하여 이 시는 걸girl 시절에 경험했던 다양한 '것을event' 현실적 공간으로 가져옴으로써 지루하고 권태로운 현실의 공간에 생동감을 부여하며 역동적인 정동이 파동치는 효과를 발휘하게 되는 것이다. 물론 결핍과 빈곤, 그리고 소외와 폭력으로 점철되었던 유년시절의 추억이 현실에 생동감을 부여하게된 것은 시간의 힘일 것이다. 시간은 거칠고 폭력적인 과거의 경험을 순화하고 정화하여 독특한 아우라 Aura를 부여한다. 과거의 시간과 현재의 시간이 혼재하는 현실은 다소 혼란스러울 수는 있어도 그것은 단조롭고 무미건조한 상황을 돌파하는 기제로 작동하게 된다.

이처럼 과거의 시간을 현재에 복원함으로써 단조로운 현실을 갱신하는 이러한 시도는 이 시집에 곳곳에 편재하고 있다. 물론 과거의 시간이란 반드시 실제로 발생했던 경험만을 담고 있는 것이 아니어서 상상적 구성물 또한 그것의 내용물을 이루기도 한다. 「곰탕이 끓는 동안」에서는 곰탕이 끓는 시간 동안 상상속의 "그이"가 "새로운 행성에서/ 계율을 어기고 마고할미와 불륜에 빠졌다"는 상상을 하기도 하고「우주로 가는 포차」에서는 "방파제를 바라보며 엉거주춤 주저앉은 포장마차"를 보면서 스무살 청춘 시절에 있었던 사랑하던 사람과의 이별 장면이라든가 그 시절 빠져있었던 "랭보"라든가 "체 게바라"에 대한 열정을 떠올리기도 한다. 또한「파이」라는 시에서는 신문의 사회면 기사를 읽다가 몽상에 빠져들어 녹아내리는 듯이 축 늘어진 "달리의 시계"를 연상하다가 이어서 보르헤스의「존 윌킨스의 분석적 언어」라는 작품을 패러디하여 "황제에게 꼬리치는 것, 뱀피구두를 신은 것, 훈련 된 것, / 다족류, 발광하는 것들, 말할 수 없는 것, 방금 막/ 신을 버린 것, 들여다보면 구더기처럼 꿈틀거리는 것들, / 백과사전에도 없는 것, 토마스 핀천, 스베틀라나 알렉시예비치, / 거북이족, 천둥벌거숭이, 데스페라도 기타 등등"이라는 낯설고 기괴한 연상작용에 빠져들기도 한다.

시인이 수시로 어떤 사물이나 상황에 촉발되거나, 어떤 사건이나 장소와 연관되어 있는 과거의 생생하고 의미 있는 경험을 회상하거나 독특하고 기괴한 몽상에 빠져드는 것은 지루하고 자질구레한 현실로부터 벗어나고 싶은 욕망을 간직하고 있기 때문이다. 하찮고 보잘 것 없는 일상의 자잘한 시간에 낯설고 의미 있는 사건이라든가 이미지를 끌어들여 와서 그것을 새롭게 갱신하고 싶은 욕구 때문인 것이다. 이러한 심리적 기제를 잘 보여주는 것이 다음 작품이다.

가을꽃축제가 흐드러진 이곳은 쓰레기 매립장이었다

먼지와 악취, 연기가 다스리는 부패의 왕국

누가 잃어버렸거나 누가 버린 것들이 불귀 불귀

제 뼈와 살을 다 바쳐 번제를 지내는 곳

코스모스가 일렁인다, 살려줘 살려줘 응애응애

야아옹 우우우우 사라진 것들이 이명처럼 맴돈다

피 묻은 청바지, 꺾어진 붓, 시든 장미, 깨진 장난감,

봉투도 뜯지 않은 시집, 콘돔, 생선 대가리,

누군가의 손가락, 팔, 다리, 누가 끌안고 살던 꿈, 노래…

여기는 드림파크 망각의 유토피아,

샛노란 아기해바라기들이 까르르 까르르

목젖이 다 보이도록 깔깔거린다

꽃투성이 코끼리가 성큼 카메라 속으로 들어선다

– 몸이 온통 꽃밭이니 고통조차 환하구나, 나 혼자 중얼중얼

앵글을 돌리니 곧 승천할 듯 꼬리를 곧추 세운

거대한 용이 포효한다, 작은 사슴뿔에 비늘 대신 꿈틀꿈틀

황금빛 국화가 용틀임인데 세상에, 여의주가 너무 크다

– 저걸 물고 어찌 날아가누? 저러다 추락해

이무기로 사는 건 아닐까 몰라 별걱정을 다 하다가

그래, 여기는 드림파크, 꿈이 꿈을 꿈꿔도 좋은 꿈의 천국

– knock knock knockin' on Heaven's door

나는 벤치에 앉아 발장단을 치며 사과 한입 베어문다

— 「드림파크」 전문

　서울의 하늘공원과 마찬가지로 생활과 건축 쓰레기를 매립하여 이루어진 인천의 드림파크는 도시적 일상을 영위하는 현대인의 삶의 양식을 대변해준다. 이 시의 세 번째 연에서 언급되고 있는 잡동사니들, 즉 "피 묻은 청바지, 꺾어진 붓, 시든 장미, 깨진 장난감, 봉투도 뜯지 않은 시집, 콘돔, 생선 대가리" 등등의 자질구레한 사물들이 현대인들의 삶을 대변해주는 것이다. 그것은 지극히 사소하고 자질구레한 사물들이 함축하고 있는 것과 같은 평범하고 진부한 삶의 양식인 것이다.

　시인은 이처럼 일상의 사물들이 지배하는 현대인들의 삶의 양식에 대해서 "먼지와 악취, 연기가 다스리는 부패의 왕국"이라고 정확히 진단하면서도 그것을 재해석하여 "제 뼈와 살을 다 바쳐 번제를 지내는 곳"이라고 하면서 제의의 공간으로 탈바꿈시키고 만다. 쓰레기더미로 이루어진 드림파크, 혹은 현대인의 삶의 공간이 제의의 제단이 되자 그것은 어떤 성스러움을 지닌 영역이 되면서 세속적이고 진부한 이미지에서 벗어나게 된다. '드림파크'라는 기표가 공허한 기표가 아니라 적절한 기의를 내포한 것으로 바뀌면서 "꿈이 꿈을 꿔도 좋은 꿈의 천국"으로 변하고 마는 것이다.

　그리고 뒤에서 다시 언급하겠지만, 카메라를 들어대자 드림파크는 환상의 공간으로 변하기도 한다. 곧 "승천할 듯 꼬리를 곧추 세운/ 거대한 용이 포효"하는 상상속의 공간으로 변하기도 하고, "황금빛 국화가 용틀임"을 하는 역동적이고 찬란한

"유토피아"와 같은 공간으로 변모하게 되는 것이다. 그리하여 시적 주체는 쓰레기 매집장인 이곳이 곧 "망각의 유토피아"이며 "꿈의 천국"이라고 명명하며 천국의 문을 두드리는 상상을 한다. 쓰레기 매립장이 곧 꿈의 천국이고, 유토피아라는 것은 곧 자질구레한 일상이 곧 드림파크일 수 있음을 암시하고 있다. 즉 잡다한 욕망과 사건으로 얼룩진 일상의 공간에서 잊어버린 유토피아를 발견하고 꿈의 천국을 찾아내는 셈인데, 이러한 구도는 시인이 시적 세계에 내재되어 있는 비루한 현실과 신비한 꿈의 세계, 혹은 진부한 일상과 특별한 과거라는 이원적 대위법이라는 시적 발상과 시적 구도를 표상해준다.

아마도 이와 같은 이러한 대립적 구도를 가장 잘 함축하고 있는 장면은 10편의 연작으로 이루어진 「마포」라는 작품들일 것이다. 시인의 과거 유년기와 사춘기의 추억을 담고 있는 듯한 마포라는 공간의 과거를 회상하고 있는 이 작품들은 시인 백석의 「여우난골족」 등의 작품들이 구축한 우리 민족의 원형적 삶의 모습은 아니더라도 문명에 때 묻지 않고 자연과 운명, 그리고 관습과 천성에 따라서 살아갔던 과거의 전근대적 삶의 방식을 고스란히 복원하고 있다. 시인이 그려내는 "마포"에는 "곰보다 힘이 센 사내"(「마포 1」)가 등장하여 욕망이 시키는 대로 노름판과 화류계에 빠져 시간을 탕진하는 삶이 있고, 이복 자매의 따스한 공감의 세계(「마포 4」)가 있으며, 양공주 언니를 둔 끝순네(「마포 6」)의 안타까운 배고픈 시절이 숨어 있기도 하다. 또한 엄마가 텍사스 골목에서 술장사를 했던 사내아이와 열병과 같은 첫사랑을 앓았던 시인의 "열 세 살 초가을"(「마포 7」)이 있으며, "동춘 서커스"

단의 단원이었던 "눈빛 맑은 청년"(「마포 8」)과의 이루어질 수 없는 애틋한 사랑을 한 소녀가 살고 있기도 했다. 그리고 밤톨만한 한강의 섬에 살던 젊은 어부와 딸을 낳은 열여덟 살의 달래(「마포 9」)가 살고 있었는데, 어부는 홍수에 떠내려가 실종되고, 달래는 반미치광이의 무당이 되어 다시 마포를 찾기도 한다. 그러나 가장 마포 연작의 성격과 특징을 잘 드러낸 작품은 「마포 10」이라고 할 수 있다.

> 태양이 검게 타들어갔다, 달이 붉게 물들었다
> 눈먼 스라소니처럼 웅크렸던 제금소리가 발작인 듯
> 소스라쳤다 하얀 서리화가 핀 굿청, 언월도가 번쩍였다
>
> 너나없이 가난이 부스럼처럼 만발하던 시절
> 아이들은 예의바르고 어른들은 정직했다
> 착한 아비들은 무능했고 아해들은 소꿉장난인 척
> 뒷동산 흙을 파먹었다, 감자를 삶다 맨발로 달아난
> 바우네 큰누이는 기지촌 미친개에게 물려 죽었다
> 열일곱 살 딸의 시신을 끌안고 실신한 어미는 그날부터
> 베개를 들쳐 업고 실성실성 아래 윗마을로 쏘다녔다
>
> 당골네 굿판에 온 동네가 들썩였다
> 시루떡을 얻어들고 히죽거리던 삼대독자 바우는,
> 밤새도록 신이 나서 안팎으로 드나들던 내 동무는
> 다음날 샛강 방죽에서 졸다 물에 빠져 죽었다

낯선 행성을 전전하며 나는 살아남았다

돌아와 보니 거기, 울울창창 아파트 숲이 도도하다

내 이름을 기억하는 이들은 아무도 없었다 그나마

마을에서 치성 드리던 당산나무를 찾았는데…

바우 아부지가 목을 맨 줄기에는 잔가지가 무성했다

신줏돌 자리에는 수령 250년

'보호수'라 쓴 번듯한 빗돌이 떠억 버티고 있었다

— 「마포 10」 전문

　이 시의 시적 공간은 아련한 추억과 아름다운 과거의 시간이 그려지고 있는 것은 아니다. 오히려 시적 공간을 가득 채우고 있는 것은 한 가족의 비극적인 몰락의 역사라고 할 수 있다. "바우네 큰 누이는 기지촌 미친개에게 물려 죽었"고, 바우는 "다음날 샛강 방죽에서 졸다 물에 **빠져 죽**"는다. 그리고 "열일곱 살 딸의 시신을 끌어안고 실신한 어미"는 실성해서 위아래의 마을을 쏘다니며, 바우 아버지는 그 슬픔을 견딜 수 없어 당산나무 줄기에 목을 매어 자살한다. 죽거나 미치거나 자살하는 등의 과정을 통해서 한 가족이 파멸해가는 과정의 서사가 시적 공간을 가득 채우고 있다.

　그럼에도 불구하고 이 시는 슬픔이라거나 고통 등의 인간적인 감정으로부터 초탈해 있는 듯한 느낌을 주고 있는데, 이러한 시적 효과는 그러한 비극적 가족의 역사를 담고 있는 시적 공간을 종교적이고 제의적인 공간으로 변형시키고 있는 시적 전략에서 나온다. 시인은 비극적인 서사의 공간을 샤머니즘적인 운명론적 공간으로 탈바꿈하여 바우네 가족의 비극적인 역사가 마치 자연의 운행의 일부인 것처럼 취급되도록 한다. 그리고 그러한 가족의 비극적 역사를 감싸 안는 수령 250년의 시간을 담고 있는 "보호수"를 내세움으로써 그러한 인간의 역사란 지극히 찰나적인 사건에 불과하고, 자연은 그럼에도 불구하고 도도하게 진행되고 있음을 강조함으로써 인간의 비극을 상대화하여 희석시키는 작용을 하도록 하는 것이다. 250년이라는 시간을 함축하고 있는 보호수에 흡수되어 바우네 가족의 비극적 역사는 자연의 일부로 변하고 마는 것이다.

시인은 이러한 과거의 시간, 전근대적인 삶의 방식이 작동하던 사춘기의 시간을 복원함으로써 무엇을 하고자 하는 것인가? 그러한 시적 전략에는 아마도 우리의 문화적 유전자에 담겨서 우리의 무의식 속에 흐르고 있는 삶의 원형적 모습에 대해 관심을 환기하려는 목적이 내포되어 있을 것이다. 결핍을 모르는 시대, 과시소비와 같은 가짜 욕망에 탐닉하는 시대, 이성과 합리의 가면을 쓰고 모른 체 하고 있는 우리의 근원적인 토대로서의 야생성과 잔혹성, 그리고 천성과 자연성 등에 대한 관심을 환기하고자 하는 의도가 내재되어 있는 것이다. 이러한 의도는 물론 천편일률적인 현대 도시 생활의 얄팍하고 무미건조한 삶의 방식을 개선하고 갱신하고자 하는 근원적인 목적에서 야기된 것이라고 할 수 있다. 그리고 지금까지 우리가 확인한 것처럼 단조로운 현실에 과거의 시간과 꿈, 환상과 몽상의 이미지를 가져와 혼종시키는 시적 전략은 매우 효과적이라는 사실을 알 수 있다.

2. 사이버 공간, 시간이 흐르지 않는

시인이 과거의 시간과 상상의 이미지를 현실 공간에 틈입시켜 혼종의 현실을 만드는 것은 계기적이고 선조적인 흐름, 그것도 시계에 의해서 정확하게 측정되어 흐르는 시간의 단조로움을 파괴하기 위한 작업이기도 하다. 과거의 회상이라든가 현실의 시공을 벗어난 환상의 도입은 균질적이고 질서정연하게 흐르는 현실의 시간을 무너뜨리고 이질적인 시간이 같은 공간에 존재함으로서 생기는 다양한 혼란과 착종을 형성하게 된다. 그러한 시간 질서의 붕괴는 단조로운 일상의 붕괴라고 할 수 있으며, 예측 가능한 합리적 질서의 교란이라고 할 수 있다. 이러한 파괴와 교란을 통해서 시인은 진부한 현실을 갱신할 수 있는 것이다. 그리고 사이버 공간은 시간이 흐르지 않는 독특한 시공으로서 그곳에 들어가거나 그것을 현실에 덧붙이게 되면 현실의 질서와 규준으로 파악할 수 없는 새로운 시공이 탄생하는데, 대표적인 것은 바로 신화적인 세계라고 할 수 있다. 작품을 통해서 확인해 보자.

컵과 컴 사이 종이고양이가 산다. 활짝 웃고 있는 그이는 수미산 북쪽 울단월이라는 땅에서 왔다는데 그곳에 사는 이들은 살아 천년을 누리고 죽어서는 복사꽃 동산에 환생한다는데 빨강리본 고양이가 'Happy Birthday!'라고 쓴 풍선을 번쩍 들고 있는 것은 그이가 무사히 환생했다는 암호일지도 모르는데

컵과 컴 사이 플라스틱 돼지가 산다. 시도 때도 없이 공양 받는 동전에 만성소화불량인 분홍돼지는 철륜왕이 다스리는 남염부제 출신, 거기는 히말라야 설산과 갠지스, 인더스 같은 강들이 파노라마처럼 펼쳐져 있다는데 어느 생인가 그는 구름수레를 타고 절경 속에 노닐다가 벼락을 맞아 펄펄 끓는 불가마에 떨어졌다는데 그러나 다시 태어난 그이는 무슨 연유인지 다리가 없는데

컵과 컴 사이 섬유근육통이 산다. 오른쪽 검지가 반란을 일으켜 왼 손으로 마우스를 움직이는 혁명의 저녁이 산다. 빈 컵을 들었다 났다하는 맹물 같은 이녁이 산다. 그네는 구월산 신단수 아래 천구백여덟 살에 돌아가신 신의 핏줄이라 했지만 고개를 갸웃거리는 사람도 많다는데 주검의 살점을 쪼는 천산의 독수리처럼 컵과 컴 사이를 배회하는 수상한 그 자는 밤마다 부처인양 앉은 채로 삼천대천을 주름잡는다는데
— 「C와 C 사이」 전문

빈 컵의 세계와 컴퓨터의 세계란 곧 현실과 가상의 세계를 대변하는 것이라고 할 수 있는데, 시적 주체는 "빈 컵을 들었다 났다하는 맹물 같은 이녁"에 살면서 "왼 손으로 마우스를 움직이"며 가상의 공간으로 일탈을 감행한다. 그런데 맹물 같은 이녁과 달리 가상의 세계는 온통 원시불교의 거대한 상상력의 세계가 펼쳐지는 곳이기도 하고, 우리 민족의 건국신화인 단군신화가 현실화되는 공간이기도 하다. 즉 그곳은 "수미산 북쪽 울단

월"이라는 공간이 등장하고 "살아 천년을 누리고 죽어서는 복사꽃 동산에 환생한다는" 설화적인 사고방식이 존재하고 있는 곳이다.

현실 공간이란 아무리 넓어도 유한한 곳이기에 "빈 컵"과 같은 좁은 공간이라 할 수 있으며, 사이버 공간은 무한하기 때문에 불교적 상상력에서 제시하는 무한한 수미산의 세계에 비유하는 것은 매우 적절하다고 할 수 있다. 또한 사이버 세계, 혹은 "삼천대천" 세계에서 이루어지는 사건들은 유한한 현실의 논리로 포착하기 어렵기에 신들이 거쳐하는 세계의 논리를 대변하는 신화적인 사고가 또한 매우 적절하다고 할 수 있다. 그런데 시적 주체는 "주검의 살점을 쪼는 천산의 독수리처럼 컵과 컴 사이를 배회하는 수상한 그 자는 밤마다 부처인양 앉은 채로 삼천대천을 주름잡는다"고 한다. 컵과 컴 사이를 배회한다는 것이 곧 현실과 가상의 공간을 넘나든다는 것을 뜻한다면, 이는 현실 공간에 가상공간의 도입하는 것이 초래하는 효과를 지칭한 것으로 이해해도 될 것이다. 삶과 죽음, 차안과 피안, 실재와 가상 등의 인위적인 구분을 뛰어넘어 그것들을 포용하고 초월하는 어떤 드넓은 세계를 상정해 볼 수 있기 때문이다.

한편 「불광 혹은 발광 너머」에서는 사이버 공간이 차안과 피안을 연결하는 매개물로서 그 기능을 발휘하는 설정을 볼 수 있다. 즉 "피안과 차안을 넘나드는 발 없는 말"이라는 표현이라든가 "삼천대천 다 통하는 화통 쾌통 5G시대"라는 표현들이 사이버 통신망의 발전이 초래할 미래의 한 모습을 상정하고 있다. 그런데 이러한 구도에서도 "발광發光하는 창힐의 뒤통수를 치셨나요?"라는 구절을 통해서 신화시대 문자를 발명했다는 신적인 존재인 창힐을 내세우면서 사이버 공간을 신화적인 색채로 물들이고 있다. 또한「배꼽에 대한 단상」이란 작품에서는 "눈뜨면 습관적으로 휴대폰 배꼽을 누르지요", "그래서 이제는 전화기를 '어머니'라 부르고 싶어요"라는 구절을 통해서 사이버 공간이 우주의 중심이며, 모든 현실적 삶의 토대와 같은 역할을 하고 있음을 강조하고 있다. 그러면서 시인은 휴대폰에게 "밤사이 세상엔 별일 없었나요?"라고 묻자, 어머니인 휴대폰은 "유디트가 잠든 적장의 목을 베었다는구나, 카라바조를 조심해"라고 하면서 갑자기 시적 공간을 구약에 나오는 베투리아 마을의 과부로서 아시리아 군이 공격할 때 적진에 뛰어들어 적장 홀로페르네스를 유인하여 그 목을 잘라가지고 돌아왔다던 유디트가 활약한 구약시대로 인도한다.

사이버 공간이 무시간의 공간이라는 것, 그래서 시간의 계기적이고 선조적인 질서를 붕괴시키는 특성을 지닌 현실과는 매우 이질적인 공간이라는 것을 다시금 상기시키는 대목이라고 할 수 있다. 이러한 사이버 공간의 도입은 질서정연한 현실의 공간에 균열과 간극을 마련하고, 그러한 카오스적 공간은 새로운 가능성과 창조성을 마련한다는 점에서 주목할 만한데,「생쥐나라의 앨리스」라는 작품은 사이버 공간이 "이상한 나라의 앨리스"에서 그려지는 것과 같은 환상의 공간일 수 있음을 강조한다. "어둠이 낳고 음력이 키워낸 달이 모니터에 걸려있네"라는 첫 구절은 사이버 공간이 지닌 환상적이고 마법적인 성격을 암시하고 있는데, 이러한 공간을 현실에 도입하는 것은 곧 현실을 마법과 환상 같은 동화적 세계와 착종시키고 그러한 작업은 현실의 매너리즘과 진부함을 깨부수는 효과를 발휘할 것이다.

3. 카메라 속의 세상, 재구성된 현실 혹은 영원한 현재의 시간

박해성 시인의 이번 시집에는 카메라 앵글과 관련된 용어를 비롯하여 유독 사진과 관련된 전문 용어들이 많이 등장하고 있으며, 특정한 국면에 대해서 사진을 찍는 장면들이 빈발한다. 이러한 현상은 물론 시인의 사진에 대한 관심과 취미를 반영하는 것일 수도 있지만 현실에 대한 변형을 꿈꾸는 시인의 시적 전략과도 무관하지 않다. 사진을 찍는다는 것은 곧 카메라의 앵글로 세상을 바라본다는 것이며, 실재의 현실에 어떤 변형을 가하는 작업일 수 있기 때문이다.

카메라 앵글로 세상을 바라보는 행위는 특정한 현실에 대한 선택과 배제가 포함된다. 중요하다고 생각되는 특정 부위가 앵글 속으로 들어오고 그렇지 않은 부분은 앵글 밖으로 사라진다. 현실 그 자체가 변하는 것은 아니지만, 주체의 선택에 의해서 현실이 재구성되는 것이라고 할 수 있다. 또한 앵글 초점의 확대와 축소를 통해서 실재는 육안으로 볼 때와 달리 커지기도 하고 줄어들기도 하면서 변형이 일어난다. 또한 사진을 찍는다는 것은 현실에서 시간을 분리하고 공간화하는 작업이라고 할 수 있다. 사진을 찍는다는 것은 계기적 흐름의 시간성을 무화하고 현실의 특정 국면을 영원한 현재에 머물도록 한다는 점에서 시간성의 무화를 통해서 현실을 변형하는 작업인 셈이다. 그리하여 사진 속의 세계는 시간이 흐르지 않는 영원한 현재를 실현하게 되는데, 이러한 속성을 바로 신화가 지니고 있는 특성이기도 하다. 사진으로 인해서 현실이 어떻게 재구성되고 새롭게 창출될 수 있는지를 다음 작품이 잘 보여준다.

얼어붙은 강바닥에서 미라가 된 물고기를 만났어
하늘을 날아다니는 꿈을 꾸다 저도 몰래 솟구쳤을까
투명한 관棺 속에서 동그랗게 눈을 뜨고 있었어
머잖아 태어날 태아를 닮은 것 같기도 하고
천 이백년 전에 죽은 미라 같기도 한데
 그렇다면 이때 겨울 강을 무어라 불러야 하니,
신성한 무덤? 물의 자궁?

지금 내가 그에게 접근하는 방식은
일인칭 관찰자 시점이야, 고로 연민 따위 생략하고
접사接寫로 다가서기로 했어 이 순간
앵글은 담담해야 마땅하지, 얼마나 추웠느냐
얼마나 외로웠느냐 묻는 대신 반셔터를 누르고
호흡을 참는거야, 죽은 자 아니
아직 태어나지 않은 자의 침묵 밖에서
아웃포커싱 되는 배경은 관념적이어도 좋아

대한大寒 강가에는
노숙으로 뼈가 늙은 느티나무가 서 있지

나도 그이처럼 겨울 강을 바라보며 오래 서 있었으나
아무도 아프냐고 묻지 않았어 찰칵, 착각
셔터소리에 열리거나 닫히는 풍경 속이었어
— 「두물머리」 전문

물론 "얼어붙은 강바닥에 미라가 된 물고기"라는 풍경은 사진 속의 광경은 아니다. 하지만 그것은 물결의 흐름이 멈춘 상태로 고정되어 있다는 점에서 사진에 포착된 풍경과 유사한 속성을 지니고 있다. 그러니까 얼어붙은 강바닥에 미라가 된 물고기란 계기적 선조성을 무화하고 찰나의 순간을 영원화하는 사진에 대한 하나의 은유로 해석할 수 있는 것이다. 미라가 된 물고기는 "머잖아 태어날 태아를 닮은 것 같기도 하고/ 천 이백년 전에 죽은 미라 같기도 하"다는 점에서 삶과 죽음의 속성을 모두 지니고 있다. 그리하여 미라가 된 물고기가 있는 겨울 강은 "신성한 무덤"이기도 하고 "물의 자궁"이라고 할 수도 있다.

그런데 사진이라는 것도 실은 삶과 죽음의 공존을 함축하고 있는 것은 아닐까? 그것은 특정한 시점의 어떤 현실을 포착하여 항구화하는 작업이기에 영원한 삶의 한 형상이기도 하지만, 또한 계기적 흐름의 지속이라는 생존의 중요한 한 부분을 절단하여 제거했기 때문에 죽음의 형상이기도 한 셈이다. 그래서 강물의 흐름이 멈추고 미라가 되어 고정되어 있는 물고기는 바로 이러한 사진의 속성을 대변해주는 하나의 은유라고 할 수 있는 것이다. 혹은 시적 공간에 제시되고 있는 것처럼 그러한 풍경은 사진의 셔터를 눌렀지만, 아직 찍히지는 않고 있는 상태 즉 '반셔터를 누르고" 있는 상태일 수도 있다. 셔터를 누르기는 했지만, 아직 피사체가 포착되어 고정되지 않는 상태, 즉 삶도 아니고 죽음도 아닌 그 중간의 어떤 미규정의 상태라고 표현할 수도 있는 것이다. 따라서 이러한 상태란 현실에서는 존재하지 않는 것으로 카메라라는 장치가 새롭게 창출한 세계라고 할 수 있을 것이다.

그런데 시적 주체는 "대한大寒의 강가에서/ 노숙으로 뼈가 늙은 느티나무"와 겨울 강을 바라보고 서 있는데, 사실은 사진 속에 들어가 있다. "셔터소리에 열리거나 닫히는 풍경 속이었어"라는 구절이 그러한 사실을 암시하고 있다. 그러니까 시적 주체는 늙은 느티나무와 함께 겨울 강을 보고 있지만, 사실은 사진이 창출한 풍경 속에 들어가 있는 것이다. 이러한 사실은 얼어붙은 강바닥에서 미라가 된 물고기가 있는 겨울 강이 사실은 사진이 창출한 새로운 세계와 다르지 않다는 것을 함축하고 있으며, 그처럼 창출된 세계란 "찰칵, 착각"이라는 표현에서 알 수 있듯이 착각과 같은 왜곡과 변형의 과정을 거친 것이기는 하지만, 새로운 현실이라는 사실을 내포하고 있다. 사진은 현실에서는 불가능한, 혹은 현실에서는 경험할 수 없는 비현실의 현실을 창출하는 기제로서 시적 주체에게 새로운 경험을 선사하는 매개물이기도 한 것이다.

한편 「찰칵, 착각」이라는 작품에서는 상사화를 찍으러 가서 상사화를 찍으면서 실은 상사화가 환기하는 사랑하는 사람에 대한 상사의 상념을 찍는 것이라는 설정을 통해서 사진이 사물과 풍경을 찍는 것이 아니라 사물과 풍경에서 야기되는 내면 풍경을 찍을 수 있음을 암시하고 있다. 즉 "비명도 없이 찰칵, 매크로렌즈에 갇히는 기다란 속눈썹이/ 찰칵, 사무치도록 붉어서 찰칵, 방울방울 유혹이어서 찰칵,/ 想思가 난치병인 줄 찰칵, 모르는 것도 아니어서 찰칵,/ 꽃 속에 파묻힌 돌부처는 찰칵, 여전히 묵언 삼매경이어서/ 찰칵, 나는 앵글을 돌리는 척 찰칵, 슬픔이나 살피는 것이어서/ 찰칵, 도끼로 발등을 찍듯 사진만 찍네, 찰칵, 찰칵, 착각, 착각,"라는 구절을 통해서 시적 주체는 상사화를 찍으면서 실은 내면의 복잡한 심경을 찍고 있음을 보여주고 있는 것이다. 여기서 마지막의 "찰칵, 찰칵, 착각, 착각,"이라는 구절은 역시 사진을 찍는 작업은 하나의 "착각"을 형성하는 과정이라는 것, 곧 현실의 왜곡과 변형의 과정이라는 사실을 다시금 강조하고 있다.

이처럼 사진이 현실에 대한 왜곡이고 변형이기 때문에 「새는 사라지고 하늘은 텅 비었고」라는 작품에서는 툰드라에서 날아온 고니를 찍기 위해서 기다리면서 숲속에서 과거의 시간들을 불러낼 수 있는 것인지도 모른다. 시적 주체는 숲을 관찰하다가 숲속에서 "양잿물을 삼키고 피를 토하던 귀남이 누이가 따라온다 전나무에 목을 맨 재당숙네 첩실이 따라온다 열길 우물에 빠져죽은 바우엄마가 따라온다 그들은 독수리보다 더 큰 날개를 퍼덕이고 나는 죽어라 달아나도 제자리인데 칡넝쿨에 발목이 턱, 걸렸는데"라는 백일몽으로 빠져드는 것이다. 사진찍기라는 작업은 시간 질서의 붕괴를 가져오는 것이기에 숲속의 풍경과 과거의 추억을 오버랩시키는 것이 전혀 이상하지 않게 수용되는 것이다.

사진이 만들어내는 또다른 현실은 매혹적인 것이며, 유혹적인 것이기도 하다. 시인은 「서쪽으로, 서쪽으로」라는 시에서 서쪽의 세상을 상상하면서 "거기, 어둠으로 닦아 낸 별빛에 눈이 시린 땅/ 찰각, 착각, 명랑한 카메라가 묻겠지, 우리 여기 살래?"라고 하면서 카메라가 창출한 피안의 세계가 자신을 끌어당기는 힘을 지니고 있음을 고백한다. 그리고 카메라가 포착한 서쪽의 세상이란 "치매를 따라가 돌아올 줄 모르는/ 울어메가 사는 나라"라는 점에서 그 신비하고 비의적인 성격이 강조되고 있다. 이러한 점을 보면 카메라는 있는 그대로의 현실을 재현하거나 반영하는 것이 아니라 새로운 현실을 창출하는 놀라운 기제라는 것을 알 수 있으며, 왜 시인이 그토록 카메라의 세계에 주목하는지를 알 수 있다.

4. 극지, 혹은 극한의 공간적 상상력

> 오아시스가 만든 그 나라에는 사람의 얼굴에 익룡의 날개
> 표범의 발톱을 가진 영물이 살고 있다 전해지는데
> 안개 같은 지느러미로 허공을 나는 물고기라 하기도 하고
> 모래바람처럼 갈기를 휘날리는 맹수라 하는 이들도 있고
> 그것이 가릉빈가라거나 혹은 염라국 왕자라는 풍문도 돌았지
> ― 「투루판 가는 길」 부분

극지, 혹은 극한의 공간이 새로운 현실을 창출할 수 있음을 잘 보여주고 있는 작품이다. 「산해경」의 그 기괴하고 상상적인 동

물과 풍물에서 알 수 있듯이, 평범한 일상을 벗어난 어떤 극한의 공간은 그 지리적 특성으로 인해 독특한 상상력을 자극하여 현실에서는 발견하기 어려운 환상의 공간과 사물들을 창출해낸다. 이 시에서 "익룡의 날개"와 "표범의 발톱"을 지닌 영물은 "가릉빈가'라는 상상의 동물일 수도 있고, "염라국 왕자"일 수도 있을 정도로 그 정체성에 대한 관심은 부수적인 것이다. 중요한 것은 중국 톈산산맥이라는 거대한 고원지대가 야기하는 무한한 상상력과 신비로운 자극으로 인해서 현실에서는 보기 어려운 기괴하고 경이로운 어떤 현실이 창출되고 있다는 점이다. 다음 작품이 이를 더욱 잘 보여준다.

파미르고원 접경에 도착했다
흉노공주와 이리 사이에서 태어났다는 위구르족의 자치구,
총을 멘 군인들과 붉은 완장들이 앞을 가로 막는다
몽둥이가 늘어선 검색대를 벌벌 통과한다, 여권을 코앞에
대조하고 신발까지 벗기는 황당한, 무례한, 불쾌한,
다시는 오지말자, 주먹을 꽉 쥐었지만 천산산맥 자락
해발 2000m 호수 앞에서 불온한 결기는 무장해제 당한다

비단 같은 운해를 허리에 두른 설산 아래 늙은 가이드의
구전설화가 신의 치마폭처럼 수면에 일렁이는 사리무호,
해맑은 이마에 물방울이 맺힌 야생화가 함부로 눈물겨운데
당신은 내일 아침 떠난다, 떠나겠다 말한다
들은 듯 못 들은 듯 나는 마른 살구만 씹는다

낡은 파오에서 연기가 피어오른다, 양고기를 굽는다
아무렇지도 않은 척 새도록 혼자 술잔을 기울이는 사람
는개비는 내리고 잠자리는 눅눅하고 꿈자리는 발이 푹푹 빠지고
이국의 무녀가 알비노 염소 피에 절인 도마뱀 눈알과
전갈의 혓바닥, 지네 발톱을 갈아 마구 휘갈긴 부적을 내민다
언뜻 퇴마록에서 본 듯도 한 저 발칙한, 저 요망한

으슬으슬 눈을 뜨니 덜렁 혼자다, 춥다, 뼈가 시리다
속울음처럼 들려오는 빗소리, 아아 빗소리, 이 비가 그치면
나 또한 떠나리라, 남염부주 대궐 북쪽 붉은 산으로 가리라

화답인 듯 천둥 친다, 하늘에 쩍쩍 금이 가기 시작한다
— 「우루무치에서 석양까지 달려」 전문

  태양신의 자리라는 어원을 지닌 파미르 고원은 중앙아시아,
타지키스탄을 중심으로 중국, 인도, 파키스탄, 아프가니스탄에
이르는 고원을 말하는데, 히말라야 산맥 북서쪽으로 평균 높이
3500~4500m로서 톈산 산맥, 알라이 산맥, 쿤룬 산맥, 힌두쿠
시 산맥 등이 뻗어 있는 지역을 말한다. 그야말로 신들의 거주지
로 적합한 곳이라는 것을 짐작할 수 있다. 신들의 거주지로 적합
하기에 흉노공주와 이리 사이에서 위구르족이 태어났다든가 사
리무호에는 "늙은 가이드의 구전설화가 신의 치마폭처럼 수면
에 일렁이는" 것이 전혀 이상하지 않다. 또한 "이국의 무녀가 알

비노 염소 피에 절인 도마뱀 눈알과/ 전갈의 혓바닥, 지네 발톱을 갈아 마구 휘갈긴 부적을 내미"는 행위 또한 적절하게 보인다.

더욱 중요한 것은 시적 주체가 "이 비 그치면/ 나 또한 떠나리라"라고 선언하면서 그 목적지로 "남염부주 대궐 북쪽 붉은 산"을 제시하고 있다는 점이다. 남염부주란 불교적 상상력이 만들어낸 가공의 지리로서 수미산 남쪽에 있다는 대륙인데 인간들이 사는 곳이며, 여러 부처가 나타나는 곳은 사주四洲 가운데 하나인 이곳뿐이라고 한다. 그러니까 시적 주체가 떠나겠다고 한 남염부주란 상상적인 공간으로서 현실 너머에 있는 피안의 어떤 이상적인 대륙인 셈인데, 시적 주체는 파미르 고원이라는 차안에서 피안인 그곳을 향해 가겠다는 것이다. 이러한 상상력이 가능한 것은 파미르 고원이 인간의 거주지보다는 신의 거주지로 적합하다는 것, 그래서 그곳에서는 도시의 현대인들이 상상할 수 없는 어떤 극적이고 신비로운 경험이 가능하기 때문일 것이다.

이러한 현상은 이 시에 국한된 것은 아니어서, 미국 남동부의 고지대 사막을 배경으로 한 「모하비」라는 작품에서는 "왼쪽 팔뚝을 꿈틀꿈틀 타고 오르는/ 검푸른 용" 문신을 하고 있는 야성적인 사내를 보면서 그에게서 "사과조각이 목젖에 걸린" 아담을 발견하기도 하는데, 이러한 현상은 모하비라는 극지의 사막이 야기한 효과일 것이다. 사막은 시적 주체를 어떤 근원적인 상황으로 몰고 가 그리하여 그는 인류의 근원인 아담을 호명하게 되는 것이다. 또한 시베리아의 북극 가까이에 있는 앙카라 강을 배경으로 하고 있는 「앙카라 강가에서」라는 작품에서는 그 동토의 눈보라에서 "푸른 용이 허연 입김을 내뿜는" 광경을 보기도 하고, 도도하게 흐르는 강에서 "삼천년 묵은 이무기"를 상상하기도 하는데, 이러한 상상이 가능한 것은 모두 북극이라는 그 지리적 효과 때문일 것이다. 특히 "강과 강 사이 작은집들이 전생인양 나타났다 사라진다"는 대목을 보면, 역시 극지라는 공간은 현실 너머의 어떤 신화적이고 종교적인 세계를 떠올리게 한다는 것을 짐작할 수 있다. 극지가 야기하는 이러한 초월적이고 비의적인 세계에 대한 상상은 현실의 비루함과 속악함을 단숨에 극복하여 우리를 어떤 근원적인 지점으로 데리고 갈 것이다.

5. 영원한 현재, 혹은 신화적 세계

박해성 시인의 이번 시집의 가장 큰 특징은 아마도 현실에 수시로 개입하는 신화적 세계일 것이다. 시인이 현실에 도입하는 신화는 그리스로마의 신화에서부터 인도와 중국의 신화, 그리고 우리나라의 신화까지 그 종류가 매우 다양할 뿐 아니라 수시로 출몰하기에 현실과 신화가 분리되어 있지 않으며, 신화라는 것이 그리 먼 세계의 것이 아니라 우리 곁에 상주하는 것이라는 느낌을 주기도 한다. 시인은 인천의 한 시가지를 걷다가 쇼윈도의 향로에서 "황금빛 새가 동공 속으로 사라지는"(「미추홀은 안녕해요」) 가상의 풍경을 보기도 하고 깨어나는 미추홀과 백제의 초기 왕국인 비류 왕국을 상상하기도 한다.

또한 "포보스 외신을 사칭하는 자들은 테베의 무녀가 그 사내의 변심한 애인이라고 함부로 떠들었다. 사실 아름다운 그녀가 페니키아 문자로 점을 치거나 종려나무 잎을 흔들며 춤을 추면 남자들은 접신된 듯 사랑에 빠져들었으니…"(「보르헤스 식으로」)라는 대목을 보면 그리스 신화에 나오는 전쟁과 공포의 신인 "포보스"라든가 "테베의 무녀", 그리고 "종려나무 잎" 등의 신화적 연상물들이 자연스럽게 시인의 의식을 지배하고 있음을 알수 있다. 그리고 「율도국에 갈 때는 상비약이나 보험을 챙기세요」라는 작품은 제목에서부터 일상과 신화가 결합되어 있는 형국을 암시하고 있는데, "신의 숨소리가 들린다는 국사봉"이라든가 "영원이 산다는 율도국"이라는 표현, 그리고 무릉도원과 샴발라 등의 어휘들을 통해서 우리의 의식 속에 내재되어 있는 한국적이고 동양적인 이상향에 대한 열망을 표출하기도 한다.

  시인의 신화적 상상력은 일상의 그것이 되어 있기에 평범한 행운목을 보고서도 우리 민족의 선사시대로 거슬러 올라가는 상상력을 발휘하기도 하는데, "고구려 무희와 청룡을 타고 야반도주 했었더냐 그대/ 천마총 백마를 몰고 신의 사냥터를 누볐더냐 그대/ 구백 살 바람이 아들을 낳고 그 아들이 딸을 낳는 동안/ 소식 한 자 없는 이녁을 기다리던 나는/ 꽉 잠긴 그대 문 앞을 오래 서성였노라/ 부치지 못 한 편지를 불살라 강물에 띄웠노라"(「꽃멀미」)라는 대목을 보면 신화를 살고 있다고 생각할 정도로 신화가 우리 곁에 붙어 있음을 알 수 있다. 실제로 시인은 곤륜산에 산다는 선계의 성스러운 어머니인 서왕모의 신비스러운 복숭아를 훔쳐 먹는 것을 상상하기도 하면서 "한평생 헤맸더니 다리도 풀리고 배고 고프네요"(「무릉도원행」)라고 하면서 "무릉도원"이라는 신화적 공간인 유토피아에 대한 근원적인 갈망을 드러내 보이기도 한다. 우리의 바로 곁에 있는 신화적 세계라는 의식을 다음 작품을 보면 가장 잘 알 수 있다.

뻥튀기를 사와야지, 병원을 가던 중이었어요, 때는 물론
오디세우스가 아킬레스의 갑옷을 물려받은 후의 일이죠

공사중! 붉은 테두리의 삼각 팻말이 완강하게 막아서는데요
얼핏 보니 하수도관 뚜껑이 열려있는데요 풍문으로는
그 안에 머리 아홉 개 달린 이무기가 산다는데요 하데스의
개를 키운다는데요, 나는 지금 내 안의 하수도를
점검하러 가는 길이라 그 구멍의 침묵이 궁금했는데요
길은 암흑 속 그들의 배설물 같은 게 질척질척한데요
용감한 시민들이 발자국을 꽉꽉 찍으며 지나가는데요
형광색 화살표를 따라 나도 골목으로 들어섰는데요

좁다란 미로에는 화살표가 끊일 듯 이어졌어요
'알렉산드로스 왕에 의해 파괴되고 창녀 프리네에 의해
복원되다'라는 글이 새겨진 테베의 성벽 같은 축대가
나타났지요 거기, 그녀의 머릿결처럼 흘러내린 능소화가
이글이글 타올랐어요, 아마 트로이의 명장 헥토르라도
꽃에 취해 행복하게 항복했을 것 같은데요?

푸른 마스크를 쓴 의사는 팻말도 경고도 없이

내 창자 속을 염탐 중인데요, 내 안의 천길 동굴 속에서
외눈박이 키클롭스가 깨어나 화를 내면 어쩌죠?
순순히 무릎을 꿇으면 세상살이가 좀 편해질까요?

열두 번 죽음을 건너 고향에 돌아 온 이타케 섬의 전사처럼
운명의 추가 오르락내리락하는 그분의 황금저울 위에서
나는 어질어질 흔들리고 있어요, 뻥튀기고 뭐고 다 잊은 채
—「뻥튀기를 위한 일리아드」 전문

"오딧세우스"와 "아킬레스의 갑옷", 그리고 헤라클레스가 두
번째 모험에서 물리친 히드라는 연상시키는 "머리 아홉 개 달린
이무기", 제우스, 포세이돈과 함께 세상을 삼분하고 있는 지하
의 신 "하데스" 등의 어휘들은 모두 저 호머가 『일리야드』와 『오
딧세우스』에서 그려낸 신화적 세계를 복원하고 있다. 뿐만 아니
라 "좁다란 미로"는 그리스 최고의 건축가인 다이달로스가 구축
했다는 미로를 연상시키고, "'알렉산드로스 왕에 의해 파괴되고
창녀 프리네에 의해 복원되다'라는 글이 새겨진 테베의 성벽"이
라든가 "트로이의 명장 헥토르", 그리고 "외눈박이 키클롭스"
등의 구절들은 역시 저 호머의 신화적 세계를 가리키고 있다.
　그런데 이러한 신화적 세계가 어디서 출몰하는가? 건강검진
을 위해서 병원에 가는 공사중인 길목에서 일어나고 있는 일이
다. 그러니까 이러한 신화적인 세계란 우리가 사는 지금, 여기의
도시의 골목에 스며들어 있는 세계인 셈이다. 그리고 더욱 자세
히 들여다보면, 사실 이러한 신화적 세계는 곧 내 몸 속에서 존

재하는 세계이기도 하다. 즉 테베의 성벽이라든가 트로이의 명장 헥토르, 그리고 외눈박이 키클롭스 등의 대상들은 모두 "내 안의 하수도", 혹은 "좁다란 미로"인 "내 창자 속"의 세계인 것이다. 물론 "푸른 마스크를 쓴 의사"가 그 신화적 세계를 염탐하고 있지만, 이러한 구도는 내안의 신화라는 메시지를 함축하고 있다. 즉 신화적 세계란 멀리 떨어진 어떤 이국적인 곳에 있는 것이 아니라 바로 내 몸 안에 있다는 것이다. 이러한 시적 구도는 신화적 세계란 곧 내 몸 안에서 유구하게 전승된 육체적 DNA로서 영원히 후손들을 통해서 전승될 것임을 암시하고 있다. 신화적 세계란 바로 우리 곁에 있으며, 더욱 가깝게는 우리 몸 안에 잠재되어 있는 것이다.

그런데 이러한 신화적 세계는 우리의 현실을 어떻게 변화시키는가? 시적 주체는 건강검진을 위해서 병원을 찾아가고, 병원에서 의사에게 내시경 검진을 받는다. 이러한 행위는 매일 반복되는 일상적인 것은 아니지만, 그리 특별할 것도 없는 정례적인 경험이라고 할 수 있다. 그런데 시적 주체는 병원을 찾아가는 과정에서 아킬레스의 갑옷을 상상하기도 하고, 머리 아홉 개가 달린 히드라라는 괴물, 그리고 하데스의 세계를 상상적으로 경험하기도 한다. 그리고 자신의 내부에서 테베의 성벽을 연상하며 트로이의 명장 헥토르를 떠올리기도 하며, 외눈박이 키클롭스가 자신의 창자 속에서 잠들어 있다고 상상하기도 한다. 이러한 상상과 경험은 단순히 건강검진을 위해서 병원을 방문하고, 병원에서 내시경 검진을 받는 일상적 경험을 놀라운 세계의 경험으로 변모시킨다. 지루하고 따분한 일상에 생동감을 부여하고, 평

면적이고 표면적인 삶의 경험에 입체성과 역동성을 부여하는 것이다. 뿐만 아니라 매일매일 똑같이 반복되는 일상을 도전적이고 모험적인 그것이 되도록 한다. 시인이 현실에 신화적 세계를 끌어들이거나 언제나 신화적 세계로 비상하려고 하는 이유가 바로 여기에 있을 것이다.

지금까지 우리는 매혹적인 박해성 시인의 시집을 읽으면서, 특히 진부한 현실을 갱신하는 시적 전략에 초점을 맞추어 그 방법과 효과를 조감해 보았다. 그 시적 전략의 주요 항목으로 현실에 과거와 환상의 내용물을 중첩시키기, 그리고 사이버 공간과 현실의 공존을 통한 대비효과를 증폭시키기, 현실의 특정한 국면을 선택하고 그것을 영원화하는 전략으로서의 카메라 렌즈를 통해서 세상 바라보기, 극지의 경험을 통해서 초월적 현실에 대한 비전을 제시하기, 그리고 마지막으로 일상적 현실에 신화적 세계를 중첩하는 것을 지적할 수 있었다. 이러한 시적 전략들은 모두 놀라운 효과를 발휘하면서 우리를 '지금-여기'가 아니라 놀라운 환상의 세계, 혹은 신화의 세계로 데려감으로서 진부한 현실을 정화하고 갱신하도록 했다. 현대인들이 일상에 지쳐 있다면, 그리고 무미건조한 생활과 유한한 삶의 '의미-없음'에 지쳐 있다면 이 시집은 그러한 영혼들에게 커다란 위로가 될 것이다.

박해성 시집

우주로 가는 포차

발   행 2020년 11월 20일
지 은 이 박해성
펴 낸 이 반송림
편집디자인 김지호
펴 낸 곳 도서출판 지혜 · 계간시전문지 애지
기획위원 반경환 이형권
주   소 34624 대전광역시 동구 태전로 57, 2층 도서출판 지혜 (삼성동)
전   화 042-625-1140
팩   스 042-627-1140
전자우편 ejisarang@hanmail.net
애지카페 cafe.daum.net/ejiliterature

ISBN : 979-11-5728-422-1 03810
값 10,000원

박해성

박해성 시인은 2010년 《동아일보》 신춘문예(시조부문)로 등단했으며, 2012년 천강문학상 시조부문 대상 수상, 2015년 아르코문학창작기금 수혜, 2016년 올해의 좋은 시조집 선정, 2016년 세종우수도서로 선정된 바가 있다. 시집으로는 『비빔밥에 관한 미시적 계보』, 『루머처럼, 유머처럼』, 『판타지아, 발해』(2019년 문학나눔 우수도서선정) 등이 있으며, 현재는 자유시와 시조를 쓰며 작품활동을 하고 있다.

박해성 시인의 『우주로 가는 포차』는 과거와 환상의 내용물을 중첩시키기, 사이버 공간과 현실의 공존을 통한 대비효과를 증폭시키기, 현실의 특정한 국면을 선택하고 그것을 영화화하는 전략으로서의 카메라 렌즈를 통해서 세상 바라보기, 극지의 경험을 통해서 초월적 현실에 대한 비전을 제시하기, 일상적 현실에 신화적 세계를 중첩하기로 설명할 수 있다. 이러한 시적 전략들은 모두 놀라운 효과를 발휘하면서 우리를 '지금-여기'가 아니라 놀라운 환상의 세계, 혹은 신화의 세계로 초대한다.

heystar92@daum.net